魏芳华　刘华天 / 编著　仮并

刘华天　苗嘉宇 / 英译

# 清风化雨
# 润春秋

———

## 唐诗译注（汉英）

上海教育出版社
SHANGHAI EDUCATIONAL
PUBLISHING HOUSE

# 前　言

　　"天街小雨润如酥，草色遥看近却无。"唐诗自带一种旋律的美让我们在抑扬平仄中陶醉——感谢历史赋予唐代的兴盛，感谢天地赋予唐代诗人以灵性，感谢唐代 2 200 余位诗人从灵魂深处、从心底发出的脉动，留给中华民族 48 900 余首诗歌，这些诗歌如同春雨化成涓涓溪流，千百年来灌溉着中华大地，滋润着中华民族的心灵。

　　诗是天才创作的，诗意却属于每一个追求真善美的灵魂。当我们登高远望时不禁会脱口而出"会当凌绝顶，一览众山小"；当你在月夜林中漫步时一定会想起王维的"明月松间照，清泉石上流"这极具画面感的诗句；每逢传统佳节到来时张九龄的"海上生明月，天涯共此时"最能表达亲人间的思念之情；更有美得令人窒息的于良史的诗句"掬水月在手，弄花香满衣"，读来仿佛在双手捧起的水中看到了浮动的月影，仿佛闻到了袭人的花香；李白的"飞流直下三千尺，疑是银河落九天"使瀑布奇观跃然纸上，更迸射出诗人的奔放和豪情；杜甫的"安得广厦千万间，大庇天下寒士俱欢颜"写足了诗人忧国忧民的情怀和迫切要求改变黑暗现实的理想；白居易的"可怜身上衣正单，心忧炭贱愿天寒"反映了阶级的矛盾、人民的苦难，揭露了宫市制度这一暴政。正所谓：唐诗写春光比春暖花开还绚烂；唐诗写思念能让你愁肠欲断；唐诗写家国情怀更能让你血脉偾张，泪染青衫——人们所有的爱恨情仇、酸甜苦辣等无以言表的复杂情感，你都可以在唐诗中找到知音，与之进行精神的交流。

正是唐代诗人用饱含真情、简洁而深刻的文字刻印下那个时代的痕迹，让我们有幸通过这痕迹穿越时空，与那些鲜活而充满激情的灵魂产生共鸣，体会那个遥远时代的风云变化，感受那个时代的人文风情。流连于唐诗之中，如同大地万物吸吮着绵绵春雨；细细品味唐诗，刹那顿悟，它就是生命的琼浆，千百年来让中华民族独享其中，生生不息。由此想到胡杨"千年生长，千年不倒，千年不朽"，既令人震撼又令人感奋，唐诗不也是如此么？给我们养分的同时，也传递给我们一种精神，让我们在追求真善美的同时不惧艰难险阻，一路向阳而行！感谢唐代诗人以诗的形式，为我们打开了历史记忆之窗，让我们听到唐人的声音，在赞叹欣赏绝美诗句的同时，感受唐代社会的繁盛、壮阔和社会民风的林林总总。

有人很形象地评价说：大唐似绝代佳人，而唐诗则是佳人的盈盈双眸。《清风化雨润春秋——唐诗译注（汉英）》只从数万首唐诗中精选了180首，好在选篇的时候注意选录了代表诗人的代表作品，且努力做到可信、畅达、有文采的译注，而这只能算是唐代佳人的一个眼神，希望读者能从这位绝代佳人明眸里流淌出的这一眼神感受到唐诗的惊艳和深邃。在书中，英文翻译的加持，一是为了在欣赏唐诗的同时，增加英语学习的兴趣，助力英语学习；二是为了让中国传统文化经典走向世界，加强国际人文交流合作，从历史文化中发掘智慧并结合现实去探索，助力中外文化交流，让中国传统文化经典流传得更久更远。

"唐诗晋字汉文章""熟读唐诗三百首，不会作诗也会吟"。唐诗在文学史上的重要地位、成绩、影响足可"与日月争光"而"永不刊灭"，唐诗将中国古典诗歌推向了高峰。正是它的无穷的魅力吸引了历代学者、专家、爱好者不断地进行诠释，使唐诗流传愈广，诗迷日多。之前，我们也尝试着选编过"家庭唐诗读本""少儿学唐诗"等，历经数年，我们努力接近它，欣赏它，再学习它，深感唐诗的历久弥新。新出《清风化雨润春秋——唐诗译注（汉英）》意在普及，意在把我们新的、浅显而不尽全面的理解与大家再交流。我们也有意识地选取了一些与通行版本稍有出入的诗歌，以期"似曾相识"又有新鲜感。望专家学者及广大读者批评指正，我们将不胜感激！

编译者

2024 年 6 月

# Preface

"The Heaven Street is moisturized by the creamlike drizzle; Green grass can be viewed in distance but not nearby." We are intoxicated with Tang poetry, notably featured by its beauty of rhythm and melody. Our gratitude is dedicated to history for providing Tang Dynasty with prosperity, to heaven and earth for endowing Tang Dynasty poets with spirituality, and to more than 2,200 Tang Dynasty poets for their emotional touches from the depths of their souls and hearts, passing down more than 48,900 poems for the Chinese nation. Those poems, like the spring rain running into trickles, have been watering the land of China and nourished the soul of the Chinese nation for thousands of years.

Poetry is created by genius, while its interpretation belongs to every soul seeking for truth, goodness, and beauty. When we climb high and look far, we will blurt out: "When you climb upwards to look far from the steep peak, the mountains in full view appear so small." When we stroll in the moonlit forest, we are sure to recall the picturesque line by Wang Wei "The bright moonlight sprinkles among the pine trees quietly, clear spring water gurgles through the mountains and rocks". When traditional festivals come, Zhang Jiuling's line "over the sea the moon grows bright, we gaze it far apart" expresses the feeling of missing family members vividly. By reading the breathtakingly beautiful poem by Yu Liangshi, "Holding the clear spring water with shadow of the moon in your hands; caressing the mountain flowers with the rich fragrance filling your clothes", we see the moon's shadow caressing in the water held by both hands, and smell the irresistible fragrance of flowers. Li Bai's line "The gushing flowing water seems to be thousands of feet long, which makes people wonder if the Milky Way has fallen into the human world." vividly depicts the wonders of the waterfall on paper, further reflecting the poet's unrestrained and heroic spirit; Du Fu's line "Where can I get millions of spacious houses to shelter the poor in the world to let their faces beam with delight." embodies the poet's concern for the country and the people, as well as his urgent desire to change the dark reality; Bai Juyi's "The poor old charcoal man shivered in thin clothes, hoping for the cold weather; as he could send up a higher charcoal price to make a living." reflects the conflicts of classes and the suffering of the people, exposing the tyranny of the Palace purchasing system. As the saying goes, Tang poetry depicts spring scenery more brilliantly than the warmth of spring and the blooming of flowers; Tang poetry about longing can make you feel heartbroken; patriotism reflected in Tang poetry can make your bloodline burst into tears and dye your blue shirt — all the complexity of emotions of love, hate, sweetness and bitterness can be found in Tang poetry, and there one can find soul mates to exchange ideas and show empathy with each other.

Owing to the traces of that era engraved by sincere, concise and profound words of Tang Dynasty poets, we are blessed to travel through time and space, to resonate with those vivid and passionate souls, to experience the eventful changes of that distant era, to have a touch of the cultural atmosphere of that era. Lingering in Tang poetry is to absorb the ceaseless spring rain into soil. Carefully savoring Tang poetry, one is enlightened by that long lasting nectar of life, which has been exclusively enjoyed by the Chinese nation for thousands of years. It is natural to remind us of Populus euphratica trees "growing for a thousand years, not falling for a thousand years, and being immortal for a thousand years", such a shocking and inspiring picture. Isn't it the true of Tang poetry? While providing us with nourishment, it also conveys a spirit to us to pursue truth, goodness, and beauty without fear of difficulties and obstacles, and walk towards the brightness all the way! Great thanks to Tang Dynasty poets for opening the window of historical memory in the form of poetry so that we can hear the voices of Tang people, to appreciate the exquisite poetry, and to feel the prosperity, grandeur, and diverse social customs of Tang Dynasty society.

Some people have made vivid remarks that the Tang Dynasty seems like an unparalleled beauty, while Tang poetry is the shining eyes of that beauty. Only 180 Tang poems were carefully selected from tens of thousands of Tang poems in *Soft Breeze into Rain, Moisturizing Spring and Autumn: Annotations on Tang Poetry (Chinese and English)* ". It is highly appreciated that we have carefully selected representative works of poets, and efforts were made to supply reliable, fluent, and literary annotations. Although the selection might be only a quick glance, it is hoped that readers can feel the stunning and profound beauty of Tang poetry from the eyes of the unparalleled beauty. The book is featured by its English, which is not only for readers to appreciate Tang poetry, but also increase their interest in learning English and assist them in learning English. The book is to promote the spread of traditional Chinese classics to the world, to facilitate cultural exchanges between China and the rest of the world, and to enable the dissemination of Chinese traditional cultural classics to last longer and reach a greater distance.

"Tang poetry, Jin inscription, and Han prose writing." "After reading 300 Tang poems, one can recite poetry even if he is not proficient in poetry writing." The important position, achievements, and influence of Tang poetry in literary history can be matched with the brightness of the sun and the moon, never be extinguished. Tang poetry has pushed classical Chinese poetry to its peak. Its endless charm that has attracted scholars, experts, and fans throughout history to constantly interpret them, makes Tang poetry more widely circulated and become increasingly popular. Previously, we attempted to select and compile books such as *Family Tang Poetry Reader*, *Children's Learning on Tang Poetry*, etc. During dozens of years, we have been striving to approach Tang Poetry, appreciate it and learn it. We are deeply touched by the timeless beauty of Tang poetry, which is truly the pinnacle of ancient Chinese poetry. The newly released *Soft Breeze into Rain*, *Moisturizing Spring and Autumn: Annotations on Tang Poetry* (*Chinese and English*) aims to popularize Tang poetry and exchange our limited understanding with everyone. It would be much appreciated if experts, scholars, and readers could provide any constructive criticism or feedback for us.

The editor

June 12, 2024

# 目 录
CONTENTS

海内存知己

天涯若比隣

陳若安

## 初唐四杰

　　文学史上的"王杨卢骆"：王勃、杨炯、卢照邻、骆宾王，被后人称为"初唐四杰"。他们用自己的创作实践，反对当时宫廷文学的没落倾向，给诗坛带来了一股清新健康的空气。王勃的"海内存知己，天涯若比邻"歌颂真挚的友情，成为千古名句；王勃的《滕王阁序》成为千古名篇。

# 咏　鹅①
## On Geese

## 骆宾王
### Luo Binwang

鹅鹅鹅，
曲项向天歌②。
白毛浮绿水，
红掌拨清波。

## 【作者简介】

骆宾王（约 640—684 年），婺州义乌（今浙江义乌）人。他是唐朝初期的一位杰出诗人。

## 【注释】

① 咏：用诗来描写、歌唱某一事物。

② 项：脖子。

---

## 【汉译】

鹅在河里边游边叫"嘎，嘎，嘎"，
弯曲着脖子好像在仰天高歌。

洁白的羽毛在碧绿的水中浮动，

红色的脚掌划动着清清的水波。

## 【Translation】

A flock of geese，

Crane their necks and sing songs upwards to the sky.

White feathers are floating in the emerald green water，

Red web-toes are paddling the clear water.

## 【内容提示】

这是一首颇具民歌和儿歌风格的、清新活泼的小诗。短短十八个字活画出白鹅戏水的种种情态，表达了作者对生活无比热爱的情感。色彩明快、形象生动。

# 易水送别①

## Farewell on the Yi River

骆宾王

Luo Binwang

此地别燕丹，

壮士发冲冠。

昔时人已没②，

今日水犹寒③。

## 【注释】

① 易水送别：据《史记》载，战国末年，荆轲为燕太子丹复仇，欲以匕首威逼秦王，使其归还诸侯之地。临行时，燕太子丹及高渐离、宋意着白衣冠（丧服）送于易水之滨，席间高渐离击筑，荆轲应声而歌："风萧萧兮易水寒，壮士一去兮不复还。"歌声悲壮激越，"士皆瞋目，发尽上指冠"。诗的一、二句写的就是这件事。

② 没（mò）：死。这句是说，昔日的荆轲早已经死去了。

③ 犹：还。

## 【汉译】

当年在这易水边，

引吭悲歌荆轲告别了太子丹，

勇士临危大义凛然，

痛斥暴秦怒发冲冠。

昔日壮士今天早已不在了，

空留下易水袭来阵阵寒气。

## 【Translation】

Along the Yi River，

A sorrowful song was devoted to the warrior，Jing Ke.

The warrior showed no fear when facing the oncoming danger.

Condemning the brutal dominion of Emperor Qin，

Jing Ke was bristled with anger.

While the warrior was long gone，

the Yi River was left alone in the gust of freezing air.

## 【内容提示】

前两句是怀古，以荆轲刺秦王临行时与燕太子丹壮别的典故造成一种苍凉悲壮的气氛。后两句是写实，壮士荆轲虽然一去不返，但却浩气尚存，以致易水的寒意仍给人以壮怀激烈、奋发向上的力量。全诗融汇古今、感情饱满、壮阔有力。

# 思　归
## Missing the Hometowm

### 王　勃
**Wang Bo**

长江悲已滞①，
万里念将归②。
况复高风晚③，
山山黄叶飞。

## 【作者简介】

　　王勃（649—676 年），字子安，绛州龙门（今山西稷山）人，"初唐四杰"之一。他的名篇《滕王阁序》用典 30 多个，创造成语 40 余个，成为技惊四座，名传千古的作品。

## 【注释】

　　① 已：早已。滞：不流通。
　　② 念：想念的意思。将归：打算回去。
　　③ 复：又。高风：大风。

## 【汉译】

　　被阻隔在长江心凄惶，

离家万里盼着快些回到故乡。
何况晚风劲吹，
枯黄的落叶漫山纷飞，
更加令人忧伤！

## 【Translation】

Isolated by the Yangtze River with misery and terror，

Ten thousand miles away，I am expecting to return to hometown in a blink.

Worse，a gale in the evening strongly blows，

Withering leaves on mountains continuously fall，

A stronger misery and sorrow burst.

## 【内容提示】

这是一首抒发游子怀乡之情的诗。在萧瑟秋风、落叶纷飞的长江岸边，主人公心中涌起了对家乡的无限思念之情。秋风、夕照、落叶渲染着一种悲凉的气氛，眼望着万里关山阻隔的家乡，思念之情油然而生，感到江水都因悲伤而不能畅流。全诗感情深沉、情景交融，有一种动人心魄的艺术感染力。

# 送杜少府之任蜀川①

## Farewell to Prefect Du

### 王 勃

### Wang Bo

城阙辅三秦②，风烟望五津③。

与君离别意，同是宦游人④。

海内存知己，天涯若比邻⑤。

无为在歧路⑥，儿女共沾巾。

## 【注释】

① 少府：唐代对县尉的尊称。之任：赴任。蜀：四川的简称。蜀川：泛指蜀地。

② 城阙（què）：指长安城，唐代的都城。辅：护持。三秦：泛指长安附近的秦国发源地。辅三秦：是说长安的城垣、宫阙被辽阔的三秦之地所护持着。

③ "风烟"句：是写杜少府要去的地方，风烟迷蒙，非常遥远。五津：指蜀中的岷江上的五大渡口，白华津、万里津、江首津、涉头津、江南津。

④ 宦游人：离乡在外当官的人。

⑤ 海内：天下。存：有。天涯：天边。比邻：近邻。

⑥ 无为：不要。歧路：岔路，指分别处。

## 【汉译】

今日分别在这以三秦为辅的京城，

来日我将在风和雾中遥望你赴任的蜀中。

这依依惜别的感情你能够理解，

因为我们同是离家出外为官的人。

只要天下有知心的好朋友，

即使远在天涯也会觉得像近邻。

不要在分别的路口儿女情长，

免得泪水浸湿了手里的佩巾。

## 【Translation】

Today，we depart at the Chang'an City surrounded by San Qin，

In the future，I will see you in the wind and mist to your position in the center of Sichuan，

The reluctance of departure you shall understand，

The administrators away from hometown are who we are，

As long as there is an intimate friend，

The edge of the world is as acquainted as neighborhood.

We shall not be reluctant to part from each other at the crossroad，

So that the tears won't wet the scarf.

## 【内容提示】

这是作者在都城长安送朋友前往蜀地任县尉时写的一首赠别诗。诗中既表现了作者对好友的深厚情谊，又不使意绪仅仅沉浸于离愁感伤之中，意境开阔，格调爽朗，语言自然、朴实畅达。其中"海内存知己，天涯若比邻"为千古名句。

# 渡 汉 江①

## Crossing River Han

宋之问

Song Zhiwen

岭外音书断②，
经冬复历春。
近乡情更怯，
不敢问来人。

## 【作者简介】

宋之问（约 656—712 年），一名少连，字延清，汾州（今山西汾阳）人。初唐宫廷诗人，在律诗形式上有重要贡献，与沈佺期齐名，并称"沈宋"。

## 【注释】

① 汉江：又称汉水，长江最长支流，在武汉入长江。这是诗人被贬斥泷州逃归时途经汉江所写的一首诗。诗中抒写了贬居他乡期间的孤独、苦闷的感情和对家乡、亲人的思念。

② "岭外"句：岭外，五岭以南的地方，此处指诗人泷州流放处。音书：书信。

## 【汉译】

自从含冤被流放到五岭南，

和亲人间的音信就已被隔断。

冬去春来寒暑交替，

盼望归期年复一年。

如今家乡就在眼前，

心中反而更加地不安。

虽然渴望知道家中的情况，

想要问问来人却又不敢。

## 【Translation】

Since expelled to the southern part of Wuling wrongly，

Contact with relatives was blocked unintentionally，

Winter goes，spring comes，

My expectation to return home ran year after year，

Hometown is in front of my eyes right now，

However unsettling is my heart.

Although the updates of family is what I desire，

Seeking answers from comers is what I do not dare.

## 【内容提示】

古人的怀乡思亲之诗多得可车载斗量，而这首诗则别具一格。作者写的是久别归家之时那种思念亲人又怕见亲人的真实情感，以痛定更思痛的情怀突出了思乡之苦。历尽劫难，归乡不易，眼看着

要与亲人会面，却又怕见亲人，这中间隐含着多少难言的悲苦和深切的怀念之情啊！全诗无一思乡的字句，却又字字写思乡，所谓"不着一字，尽得风流"，含蓄婉转，细腻多情。

# 春　雪
## Spring Snow

东方虬

Dongfang Qiu

春雪满空来，
触处似花开<sup>①</sup>。
不知园里树，
若个是真梅<sup>②</sup>。

**【作者简介】**

东方虬（生卒年不详），初唐诗人。

**【注释】**

① 触处：到处，随处。
② 若个：哪个。

---

**【汉译】**

春雪漫天飞舞，
好像到处都是盛开的花儿。
弄不清园中树上的梅花，
哪一朵是真哪一朵是假。

## 【Translation】

Spring snowflakes dancing in the sky，
Like flowers blossom everywhere，
The real plum blossom in the yard cannot be identified，
Because the snowflake looks so alike.

## 【内容提示】

春雪似花，落在梅花树上，竟然能以假乱真。这首咏雪小诗写得清新活泼，饶有情趣。

念天地之悠悠
獨愴然而涕下

滄海女史

# 诗　骨

　　陈子昂，唐代著名的诗人、文学家，初唐诗文革新的重要人物。他的《修竹篇序》是盛唐诗歌的理论基础，也是诗歌史的主心骨；他的性格慷慨刚正，他的诗风硬朗雄浑有力、古朴苍凉幽远。人称"诗骨"。陈子昂的才华和一身的文人风骨得到了几代人的敬仰和尊重。陈子昂去世之时，李白刚一岁，杜甫还未出生，白居易更是在 70 多年后才读到陈子昂的诗，但是陈子昂却得到了这几代伟大诗人的推崇。李白《赠僧行融》评价陈子昂："峨眉史怀一，独映陈公出。"杜甫《陈拾遗故宅》写道："有才继骚雅，哲匠不比肩。公生扬马后，名与日月悬。"将陈子昂与日月比肩，给予无与伦比的高度评价。白居易有诗赞陈子昂和杜甫："杜甫陈子昂，才名括天地。"

# 登幽州台歌①
## On the Tower at Youzhou

陈子昂

Chen Zi'ang

前不见古人，
后不见来者。
念天地之悠悠②，
独怆然而涕下③。

## 【作者简介】

陈子昂（661—702 年），字伯玉，梓州射洪（今四川遂宁）人。他反对初唐诗坛上形式主义诗风，主张诗歌要有现实的政治内容。他的理论和诗作给唐代诗歌带来较大的影响，是唐代诗歌革新的先驱。

## 【注释】

① 武则天神功元年（697），陈子昂向武则天提出自己的作战策略，不被采纳，反遭降职处分。因此，他登上蓟北楼想起战国时代燕昭王重用乐毅的故事，感慨万千，写下这首广为传诵的名诗，用以抒发自己怀才不遇的忧伤。幽州台：即蓟北楼，唐代属幽州，所以叫幽州台，故址在现在的北京市西南。

② 悠悠：长远。

③ 怆（chuàng）然：悲伤地。

## 【汉译】

古代的明君我无缘相遇，
来世的贤主我也来不及看到。
望宇宙茫茫，念地久天长，
我孤单寂寞独自落泪神伤。

## 【Translation】

The irrelevance exists between me and ancient brilliant emperors,

The impossibility is to witness the future admirable kings.

Looking upon the limitless universe and the long-standing sky and earth,

The solitude converts tears in my eyes.

## 【内容提示】

这是一首怀古诗。作者陈子昂满腹经纶，却怀才不遇，于心情沉郁之时登上幽州古台以排遣忧思。登高望远，思古抚今，痛感生之有涯，既未遇古之明君，又赶不上未来的贤主。只有仰天长叹，泪水纵横而已。作者以登高望远的画面容纳了古今和未来，使诗歌气魄恢宏，感情饱满，既撼人心魄，又发人深思。

# 春夜别友人(其一)

## Farewell to a Friend on a Spring Night(Ⅰ)

### 陈子昂

### Chen Zi'ang

银烛吐青烟①，金樽对绮筵②。

离堂思琴瑟③，别路绕山川。

明月隐高树，长河没晓天④。

悠悠洛阳道⑤，此会在何年。

## 【注释】

① 银烛：白色的蜡烛。

② 樽：酒杯。绮筵：美好的酒席。

③ 琴瑟：朋友宴会之乐。这里指朋友。

④ 长河：银河。没：消失。

⑤ 悠悠：漫长。指通往洛阳的道路漫长。

## 【汉译】

银色的蜡烛吐着缕缕青烟，

频频举杯对着丰盛的酒席。

离开堂屋油然而生离别的感伤，

分别后你我就要被这蜿蜒的山路隔断。

西沉的明月被高高的树荫遮掩，

微光闪耀的银河已被破晓的曙光淹没。

目送友人沿着漫长的洛阳道孤独而去，

此时离别不知要到哪一年才能再相见。

## 【Translation】

Smoke spirals from the candles continuously，

Frequent toasts are proposed on rich banquet，

Sorrow of separation is caused by departure from home，

Isolated by twisted road of mountains after we separate，

Blocked by shade of tall trees is sinking moon westwards，

Swallowed by sunlight at the break of dawn is the weak shining Milky Way.

Witnessing departure of lonely friend along the long road of Luoyang，

I have no clue when we will meet again.

## 【内容提示】

这是一首送别诗。一二句用"银烛吐青烟，金樽对绮筵"反衬出离人相对无言，怅然若失的神情。三四句写离情的缠绵。五六句写明月西沉，银河被曙色淹没，表明时光催人离别，凸显了难舍难分的别绪。结句强调分别难，再相聚的时间更难确定，流露出离人之间的隐隐哀思。不作哀声多深情，沉静中见真挚是这首诗的独特风格。

# 咏　柳

## On Willows

贺知章

**He Zhizhang**

碧玉妆成一树高①，
万条垂下绿丝绦②。
不知细叶谁裁出，
二月春风似剪刀。

## 【作者简介】

贺知章（659—744 年），字季真，自号"四明狂客"。会稽永兴（今浙江萧山）人。与李白、张旭等七人是好友，被合称为"醉中八仙"。

## 【注释】

① 碧玉：形容柳叶的颜色如同碧绿色的玉石。

② 丝绦（tāo）：丝带。这里比喻柳条犹如丝带一样。

## 【汉译】

如玉雕一样的新柳碧绿婆娑，

似丝带般的万千枝条柔嫩轻盈。

是谁裁出那细细的柳叶？

啊，

二月里的春风，

就是一把神奇的剪刀。

## 【Translation】

Fresh willows are as green as jade，

Branches are as tender as silk ribbons，

Who has the skills to tailor such slim leaves?

It is the wind of early spring，aye，

Like a pair of miraculous scissors.

## 【内容提示】

这是一首咏柳的名作。春风杨柳是描写春色的习用素材，而贺知章的高明之处在于别出心裁、独辟蹊径。万条柳丝，细密飘逸，何以至此？作者用了一个"裁"字，从而使"丝绦"二字落到实处，又以"细"字更添精神，问答的笔法点出了巧夺天工的巧匠不是别人，正是"二月春风"这把神剪。以物拟人，诗情盎然，字里行间溢出浓浓的春意。

# 回乡偶书①

## Home-Coming

贺 知 章

**He Zhizhang**

少小离家老大回，
乡音无改鬓毛衰②。
儿童相见不相识，
笑问客从何处来？

## 【注释】

① 偶书：随意写下来。
② 乡音：家乡的口音。

## 【汉译】

年轻时离开家老了才回来，
乡音没改变，双鬓已斑白。
孩子们见到我全都不认识，
笑着问我："客人是从哪里来的？"

## 【Translation】

I left home young，but came back old，

My local accent has not changed，yet my hair has turned gray，

Children in the village viewed me as a stranger，

And asked "Where are you from"，with the funny smile.

---

## 【内容提示】

这是一首思乡诗，不过作者写的不是远离家乡的刻骨思念，而是回到乡里还没进家门时的情景，可谓匠心独具。头一句写离家时间之长：大半辈子了。第二句写思乡之苦：保持着乡音愁白了头发。后两句通过儿童的语言行动从侧面表现了离乡之久，突出了作者热爱家乡和对亲人的深厚情感。

# 边　词

## Frontier Poem

### 张敬忠
### Zhang Jingzhong

五原春色旧来迟①，

二月垂杨未挂丝。

即今河畔冰开日，

正是长安花落时。

## 【作者简介】

张敬忠（生卒年不详），初唐诗人。

## 【注释】

① 五原：现在内蒙古自治区五原县。旧来：从来，向来。

## 【汉译】

五原的春色总是姗姗来迟，

二月了，低垂的杨树枝还没有发芽。

这里的冰河刚刚解冻，

长安城里已是满地落花。

## 【Translation】

The spring scenery of Wuyuan always comes late.

It's already early spring，but the drooping poplar branches haven't sprouted yet.

The ice on the riverside has just thawed.

The city of Chang'an is already covered with fallen flowers.

---

## 【内容提示】

这是张敬忠在北部边境任职时写的一首诗。诗中以长安城的花事反衬塞外气候寒冷，春色来得迟缓，寓含了戍守荒芜寒冷边地的将士对京城长安的思念。凡是边塞诗，大多写塞外春迟，而又各有特色。边词绝唱当推王之涣的"羌笛何须怨杨柳，春风不度玉门关"，而张敬忠的这首边词自有它质朴的风格。

# 感遇①（其七）

## Feelings（Ⅶ）

### 张九龄

### Zhang Jiuling

江南有丹橘②，经冬犹绿林。

岂伊地气暖③？自有岁寒心④。

可以荐嘉客⑤，奈何阻重深⑥！

运命唯所遇⑦，循环不可寻。

徒言树桃李⑧，此木岂无荫？

## 【作者简介】

张九龄（673—740 年），字子寿，韶州曲江（今广东韶关）人。初唐诗人。

## 【注释】

① 这首诗取意于屈原《九章·橘颂》："受命不迁，生南国兮"，以丹橘自喻，感叹自己有岁寒之节操，但命运不济，不能为朝廷所用。

② 江南：泛指长江以南地区。丹：朱红色。

③ 伊：彼，其。指江南。

④ 岁寒心：耐寒的本性。

⑤ 荐：献给或等待。嘉客：尊贵的客人。

⑥ 阻重深：阻隔在很远的地方。

⑦ 运命：运气，命运。

⑧ 徒：只；但。树：用作动词，种（zhòng）。

## 【汉译】

江南生长有丹橘，

虽经历严冬枝叶依然葱绿。

不仅仅是因为那里气候温暖，

更是因为丹橘的本性耐风抗寒。

这美好的水果理当招待尊贵的客人，

无奈路途遥远被山水阻隔。

命运只能任凭遭遇，

祸福往复谁都难以推测。

世上的人们只讲栽桃种李，

难道丹橘就不能遮阴么？

## 【Translation】

Red oranges grow in the south of the Yangtze River.

Despite the severe winter, the branches and leaves are still green.

Not just because of the warm climate,

But for red oranges are resistant to wind and cold.

This elegant fruit should be served to distinguished guests.

But the long journey is blocked by mountains and rivers.

Fate is left to chances,

It is hard for anyone to predict the future.

People in the world only talk about planting peaches and plums.

Is there no shade under red oranges?

## 【内容提示】

　　本诗以比喻的手法表现作者空怀才干，徒有报国之心而不得重用的感慨。全诗以丹橘自比，写自己不仅有满腹经纶，而且还有高尚节操，本可以为国献身，但因"阻重深"而才气志向不得施展。在叹惋"运命唯所遇"的同时表达了"此木岂无荫"的愤激之情。

# 登鹳雀楼①

## Climbing the Stork Building

### 王之涣
### Wang Zhihuan

白日依山尽②，
黄河入海流。
欲穷千里目③，
更上一层楼④。

## 【作者简介】

　　王之涣（688—742年），字季陵，绛郡（今山西新绛）人。他是一位年龄较大辈分较长的盛唐边塞诗人，以擅写边塞风光著称。现仅存有六首绝句，三首为边塞诗。其中《登鹳雀楼》《凉州词》为代表作。

## 【注释】

　　① 鹳（guàn）雀楼：旧址在现在的山西省永济市。
　　② 依：靠着。
　　③ 穷：穷尽。
　　④ 更上：再上。

## 【汉译】

一轮落日靠着起伏的群山沉落下去，

奔腾咆哮的黄河向着茫茫大海奔流。

要想极目望尽更远的景色，

还要再登上一层高楼。

## 【Translation】

The sun is setting down against the rolling mountains,

The surging and roaring Yellow River flows towards the vast sea.

To see as far as the eye could reach,

We have to go up one more floor.

## 【内容提示】

这是唐诗中的写景名篇。作者登上高高的鹳雀楼遥望黄河落日，头两句以鲜明的形象描写了长河落日的壮观景色，表现了对祖国壮丽河山的无比热爱，后两句是著名的哲理诗句：只有登高远望，方能高瞻远瞩。天外还有青天，追求是没有尽头的。

# 凉　州　词①

## Poem of Liangzhou

### 王之涣

### Wang Zhihuan

黄河远上白云间，
一片孤城万仞山②。
羌笛何须怨杨柳③，
春风不度玉门关④。

## 【注释】

①《凉州词》：唐代乐府曲名，多歌唱凉州一带边塞生活。

② 仞（rèn）：古代长度单位。万仞，形容山高。

③ 羌笛：古代传自西方羌族的管乐器。杨柳：古代歌曲名，叫《折杨柳》。这句诗一方面说羌笛哀怨地吹出《折杨柳》曲，一方面拟人化地描述西北边塞的荒凉，戍边者的生活孤寂，缺少春光。

④ 玉门关：在现在的甘肃敦煌西面。

---

## 【汉译】

一望无际的黄河仿佛与天边的白云相连，
孤单的城垣坐落在连绵高耸的荒山之间。
羌笛何必哀怨地吹奏《折杨柳》曲，
可知那春风吹不到这边远的玉门关。

## 【Translation】

The Yellow River flows from the clouds far away in the sky,
The lonely city wall is located among the towering barren hills.
Why should the Qiang flute play "Breaking Willows" plaintively?
The spring breeze cannot blow to the Yumen Pass far away here.

## 【内容提示】

这是初唐时代的一首边塞诗。描写西北高原荒丘大漠的苍凉景色，表达了作者对春的渴望和对理想的追求。一二句是写实，"黄河远上白云间"，那滚滚巨流如同来自云端天上，既写出地势之高，又渲染了苍茫的气氛。后两句是抒情，以边地的羌笛之音表达了对春的向往和追求，更衬托出边塞的荒凉和沉郁。这两句前无古人，遂成为千古名句。章太炎曾称《凉州词》为绝句之最。

# 过故人庄

## Passing by an Old Friend's Farm

### 孟浩然

### Meng Haoran

故人具鸡黍<sup>①</sup>，邀我至田家，

绿树村边合<sup>②</sup>，青山郭外斜<sup>③</sup>。

开轩面场圃<sup>④</sup>，把酒话桑麻<sup>⑤</sup>。

待到重阳日<sup>⑥</sup>，还来就菊花<sup>⑦</sup>。

## 【作者简介】

孟浩然（689—740 年），襄阳（今湖北襄阳）人。盛唐山水田园诗派主要作家。

## 【注译】

① 具：备办，准备齐全。黍：黄米，古人认为是最好的一种粮食。

② 合：闭合，合拢。这里是环绕的意思。

③ 郭：外城。这里可理解为城外。斜：描写青山的形势。

④ 轩（xuān）：窗。场：晒谷场。圃：菜园。

⑤ 把酒：端着酒，饮酒。

⑥ 重阳日：即指重阳节。我国以阴历九月初九为重九节，或称重阳节。

⑦ 就：亲近。这里是靠近观赏的意思。

## 【汉译】

老朋友备办好丰美的饭菜，
请我做客到他的田舍。
村庄四周被绿树环绕，
村外是一脉青山连绵曲折。
推开窗子面对菜园谷场，
边饮酒边谈论着桑麻的收成。
等到金秋九月重阳佳节，
还来这里边喝酒边观赏菊花。

## 【Translation】

An old friend prepares a good meal，and

Invites me to his farmhouse.

The village is surrounded by green trees.

Outside the village，there is a continuous and tortuous green
mountain.

Out of the window，the vegetable garden and the barnyard are
there.

While drinking，he talks about the harvest of mulberry and hemp.

When the Double Ninth Festival comes in the ninth month，

I will come here again to enjoy chrysanthemums while drinking.

## 【内容提示】

孟浩然是唐代著名的山水田园派诗人，本篇是田园诗的代表作。

全诗从平凡的乡村生活着笔，一路下来，活画出一幅恬淡幽静、闲适自乐的田园图画，字里行间充满了生活气息和田园趣味。"开轩面场圃，把酒话桑麻"是有名的诗中有画的佳句。而最后两句"待到重阳日，还来就菊花"则再点一笔，使意境更加远阔。

# 春　晓①

## A Spring Morning

孟浩然

Meng Haoran

春眠不觉晓②，

处处闻啼鸟。

夜来风雨声，

花落知多少？

## 【注释】

① 春晓：春天的早晨。

② 眠：睡觉。

---

## 【汉译】

春夜这样短，

不知不觉中天就破晓了；

听，

四处已传来了鸟儿的鸣叫。

夜里听到风吹雨落的声音，

不知花儿又凋零了多少？

## 【Translation】

The spring night is so short，
Before you know it，dawn will break in the sky；
Listen，
The chirping of birds is heard everywhere.
At night，I hear the sound of wind and rain.
I wonder how many flowers have withered?

## 【内容提示】

这是一首声情并茂的惜春诗。首句开篇即点出"春晓"之题。刚送走漫漫冬夜之后尤其感到春宵苦短，而"啼鸟"的叫声把人从梦中带到春意盎然的现实。春梦初醒犹记起昨夜风雨之声，于是急忙起身要去看看一直惦记着的春花，该有多少清馨的花瓣落在春泥之中，从而含蓄蕴藉地点出了"惜春"之情。

# 洛中访袁拾遗不遇①

## For Censor Yuan

孟浩然
Meng Haoran

洛阳访才子②，
江岭作流人③。
闻说梅花早，
何如北地春。

## 【注释】

① 袁拾遗：孟浩然的挚友。此次拜访时，他已被流放。
② 才子：指袁拾遗。
③ 江岭：指大庾岭。

## 【汉译】

到了洛阳前去拜访才子，
不曾想他已被远放到江岭成了流人。
听说那里的梅花开得很早，
但哪里比得上故乡美丽的春光。

## 【Translation】

I went to Luoyang to visit the gifted scholar，

Never thought that he had been put far away to Jiangling and became an exile.

I hear that the plum blossoms there early appear，

But there is no comparison with the beautiful spring scenery in Luyang.

## 【内容提示】

这是首精练含蓄的小诗。"才子"本当重用，然而却遭到流放，这是极不合理的社会现实。诗人尽抒心中的不平和伤感，从而表达了对友人深沉的怀念，揭露了当时君主的昏庸，政治的黑暗。

# 宿建德江①
## Mooring on the River Jiande

孟浩然

**Meng Haoran**

移舟泊烟渚②，
日暮客愁新。
野旷天低树，
江清月近人③。

## 【注释】

① 建德江：钱塘江上游的一段，因在建德县境内，所以叫建德江。

② 烟渚：烟，这里指水雾。渚，河中的小块陆地。烟渚，暮雾中的小洲。

③ 月：这里指江中月影。

## 【汉译】

划动船儿把它停在迷蒙的小洲，
茫茫暮色惹起客旅的淡淡新愁。
原野空旷看上去天比树还低沉，
江水清清水中月影和人更亲近。

## 【Translation】

Row the boat and park it on the misty island，

The boundless twilight arouses the faint new sorrow of the travelers.

In the open field the sky looks lower than the trees，

In the clear water of the river the shadow of the moon is closer to people.

## 【内容提示】

在这首诗中，作者描绘了一幅寒江夜泊图。于暮霭沉沉之中一叶扁舟轻泊于河中小洲，独坐舟中油然生出一股淡淡的哀愁。暮色苍茫更显得岸野的空阔，静静的江水把月色移近到船上，仿佛伸手可及。树影婆娑，晚风拂面，更显得清静。置身在画幅中的主人公拜倒在大自然的怀中沉醉了。全诗句句写景却又字字含情，无怪乎古人说："一切景语皆情语。"

# 渡浙江问舟中人①

## Crossing the Qiantang River

### 孟浩然

### Meng Haoran

潮落江平未有风，

扁舟共济与君同②。

时时引领望天末③，

何处青山是越中④？

## 【注释】

① 浙江：即钱塘江。舟中人：同船渡江的人。

② "扁舟"句：我与你同坐一条船渡江。济：渡。

③ 引领：翘首的意思。领，头项。天末：天边。

④ 越中：浙地。现在浙江一带，古时属越国。

## 【汉译】

潮落了，江面平静没有一点风，

同舟共济，我与你的心绪必然相同。

情不自禁地时时翘首望天边，

哪一处青山是我向往已久的越中？

## 【Translation】

When the tide falls，the river is calm and there is no wind，
In the same boat，we share the same mood.
I can't help looking faraway to the horizon from time to time.
Which green mountain is the Yuezhong I have been longing for
a long time?

## 【内容提示】

越中是天下名胜之地，是诗人所向往的地方。这首诗写的就是诗人初次游览越中将要到而又没到时的心情。一路上风平浪静，对着天边无数青山，诗人又是遥望，又是探问，将那种对目的地的向往及关切心境写得颇为真切传神。

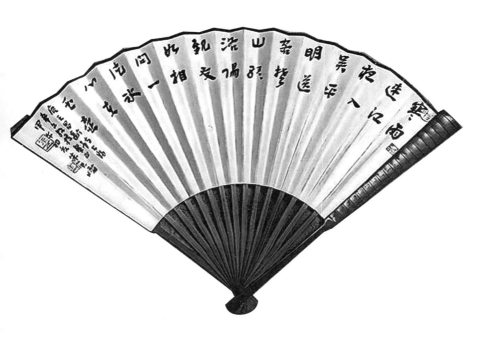

## 边塞诗人、七绝圣手、诗家夫子

王昌龄，与高适、岑参、王之涣并称为"四大边塞诗人"，而其中王昌龄创作边塞诗最早，他的名篇佳作广为流传，可谓边塞诗的创始和先驱。因他七绝写作时间早、量大且成绩优异，人又称他为"七绝圣手"，经过他和李白的共同努力，七绝成为唐代流行的体裁。王昌龄是唐代诗人中的全才，不仅擅长边塞诗，也擅长闺怨诗，又是绝句的引领者，诗歌造诣堪称唐代诗人一流，又被人称为"诗家夫子"。

# 从军行① （其四）
## Poems on Army Life（Ⅳ）

王昌龄
Wang Changling

青海长云暗雪山②，
孤城遥望玉门关③。
黄沙百战穿金甲④，
不破楼兰终不还⑤。

## 【作者简介】

王昌龄（？—756），字少伯，长安（今陕西西安）人。他是盛唐著名边塞诗人。存诗 170 多首，留有《王昌龄集》。

## 【注释】

① 《从军行》：这组诗共七首，向来被推为边塞诗的代表作。

② 青海：即现在的青海湖。雪山：即现在甘肃省的祁连山。

③ 玉门关：在现在的甘肃省敦煌市西北，是古代由河西走廊通往西域的重要关口之一。

④ 金甲：铠甲。

⑤ 楼兰：汉时西域国名。

【汉译】

满天乌云把青海和雪山遮暗，
站在孤城遥望春风不度的玉门关。
将士们百战沙漠铁甲虽已被磨穿，
不打败敌人他们仍将誓不归还。

## 【Translation】

Dark clouds all over the sky obscure Qinghai and the snow-capped mountains.

On the isolated city，I look at the Yumen Pass where the spring breeze does not come.

Although the soldiers' armors have been pierced by sand，

They will not return until they have defeated the enemy.

# 从军行（其五）
## Poems on Army Life（Ⅴ）

王昌龄

Wang Changling

大漠风尘日色昏<sup>①</sup>，
红旗半卷出辕门<sup>②</sup>。
前军夜战洮河北<sup>③</sup>，
已报生擒吐谷浑<sup>④</sup>。

**【注释】**

① 大漠：沙漠。风尘：风沙。日色：日光。

② 半卷：急行军时旗帜在风中翻卷的样子。辕门：营门。

③ 洮（táo）河：甘肃境内的黄河支流。

④ 吐谷浑（Tǔyùhún）：西域国名，唐初时常侵扰边境，后来被李靖率军所平。这里泛指敌人首领。

**【汉译】**

茫茫沙漠，风沙滚滚，天色昏暗，
旗帜翻卷指引着军队急出军营门。
前锋部队昨夜激战在洮河的北面，
又传来捷报：他们已活捉了敌军的首领。

## 【Translation】

In the vast desert，the wind and sand are rolling and the sky is dark.

The half unfurled flags directed the troops to rush out of the barracks.

The vanguard troops fought fiercely on the north side of the Tao River last night.

Then came the news of victory：they had captured the enemy leader alive.

## 【内容提示】

唐代的边塞诗多与战事有关。

王昌龄的《从军行》（其四）就是写在艰苦的环境中将士们为国征战的英勇无畏和坚强意志。雪山皑皑，云气茫茫，孤城寒关一片凄怆，然而披甲挥戈的将士仍在黄沙大漠中奔突厮杀，为的是抵御侵扰，保卫国土。全诗在苍凉的气氛中表现了热爱国家的壮志豪情。

《从军行》（其五）写的是：风沙遮天蔽日，气候十分恶劣，但这并没阻挡住唐军主动出征。他们高擎军旗，迅猛地向激战的前方挺进。途中，捷报传来，前锋部队大获全胜，并且活捉了敌首。这首诗写大军出征时的迅猛、凌厉的声势，暗示了唐军的士气和威力，歌颂了唐军将士们昂扬雄壮、勇往直前的英雄气概。诗人避开对战争场面的正面描写，而是从侧面进行烘托、点染，让读者去体味、去想象，使得短小的绝句容纳了丰富的内容。

# 出　塞①

## On the Frontier

### 王昌龄
### Wang Changling

秦时明月汉时关②，
万里长征人未还。
但使龙城飞将在③，
不教胡马度阴山④！

## 【注释】

① 出塞：古代一种军歌名。塞，是边界的意思。

② "秦时"句：是说月亮还和秦朝时的一样，关塞还是汉朝留下来的关塞，边塞风光自古就是这样，而战争也至今没有中断过。

③ 但使：只要。龙城：指卢龙城（今河北省）。飞将：指汉朝将军李广，因为他勇敢善战，威震龙城，被匈奴称为飞将军。

④ 胡马：指胡人的骑兵。阴山：在现在的内蒙古自治区中部。

## 【汉译】

还是秦时的明月汉时的边关，
远离家乡的战士仍未回还。
要是让飞将军李广作统帅，
绝不会让匈奴的军队侵扰阴山。

## 【Translation】

Still the bright moon of the Qin Dynasty and the border pass of the Han Dynasty,

Soldiers far from home have yet to return.

If let Flying General Li be the commander-in-chief,

He will never let the hostile steeds army invade the Yin Mountain.

## 【内容提示】

边塞诗中多有怀古抚今之作，这首诗便是其中的佼佼者。古战场上的月亮和关塞与秦汉时代没有什么区别，而战争也是连绵不断，出征在万里之外的将士久久不得还家。前两句直写战争时间之长。原因何在？在作者看来就是因为军中没有如汉代李广那样的勇敢善战、武艺高强的将领。字里行间隐含着对朝廷腐败无能的愤激之情。

# 芙蓉楼送辛渐①（其一）
## Farewell to Xin Jian at Lotus Tower（Ⅰ）

王昌龄

**Wang Changling**

寒雨连江夜入吴②，

平明送客楚山孤。

洛阳亲友如相问，

一片冰心在玉壶③。

## 【注释】

① 芙蓉楼：遗址在现在的江苏镇江西北角。辛渐：王昌龄的友人。

② 入吴：指辛渐到吴地。

③ "一片冰心"句：是化用鲍照《白头吟》"情如玉冰壶"的诗意，用以比喻自己心地依然纯洁，未受功名利禄等世俗的玷污。

## 【汉译】

秋雨满江的夜晚，

好友来到吴地，

雨停天亮送别友人，

楚山也显得孤寂冷清。

洛阳的亲友若是问起我，

请转告他们：

我这片诚心，

仍像存放在玉壶中那晶莹洁白的冰。

## 【Translation】

On a rainy autumn night，

A good friend came to Wu.

The rain stopped and the day dawned to bid farewell to my friend.

Chu Mountain also looks lonely and deserted.

If the relatives and friends in Luoyang ask about me，

Please tell them：

My pure sincerity

Is still like the crystal white ice stored in the jade pot.

## 【内容提示】

这是一首送别咏怀诗。头两句写送别的时间、地点和气氛，点明写诗的缘由。寒雨江边、雾中晨曦，正是撩人思乡的环境，加以友人归乡而自己不能俱往，怎不令人更加思念家乡亲人？万般无奈，只有请朋友向亲人捎去祝愿和心志。"一片冰心在玉壶"这一名句表达了作者忠于理想、保持节操的高尚志向。

# 送柴侍御

## Farewell to Chai

王昌龄

Wang Changling

流水通波接武冈<sup>①</sup>，

送君不觉有离伤。

青山一道同云雨，

明月何曾是两乡。

**【注释】**

① 武冈：即现在的湖南武冈。

---

**【汉译】**

江河相连，路无险阻，直达武冈，

因而送别你不觉得离别的忧伤。

虽有青山相隔但我们同云共雨，

夜晚我们仰望一轮明月就更不会觉得身处两乡。

**【Translation】**

Rivers are linked one by another, and the roads are free from danger and obstacles，reaching Wugang directly.

You don't feel the sadness of parting.

Though separated by green mountains，we share the same clouds and rain.

If we look up at a bright moon at night，we will not feel that we are in two different places.

---

## 【内容提示】

诗是柴侍御离开龙标前往武冈时，诗人为他送行而作。离别必定感伤，但为了宽慰友人，诗人将离情别绪埋在心底，用乐观、开朗又深情婉转的语言劝说虽分离但有流水相通，虽隔青山但同云雨、共明月，从而减轻友人的离愁。不过，只要我们仔细地品味，便会感觉到那宽慰友人的字里行间渗透着的深挚的友情和离别后的忧伤，正可谓"道是无情却有情"。

# 望 蓟 门

## Overlook of Jimen Gate

### 祖 咏
### Zu Yong

燕台一去客心惊①，
笳鼓喧喧汉将营②。
万里寒光生积雪，
三边曙色动危旌③。
沙场烽火连胡月，
海畔云山拥蓟城④。
少小虽非投笔吏⑤，
论功还欲请长缨⑥。

## 【作者简介】

祖咏（699—约746年），洛阳（今河南洛阳）人。盛唐诗人，和王维是好朋友。

## 【注释】

① 燕台：原为战国时燕昭王所筑的黄金台，这里代称燕地。"燕台一去"即"一到燕台"的倒装。惊：震动。

② "笳鼓"句：汉家大将营中，军乐喧天。笳鼓：指军乐。喧喧：喧

天。汉将营：这里借汉写唐，是指唐营。

③ 三边：古称幽、并、凉三州为三边。这里泛指当时的边防地带。

④ "海畔"句：写蓟城北依燕山，东临渤海，地势险要。

⑤ 投笔吏：东汉班超少年时因家贫，曾给官府抄写文书。汉明帝时，投笔从军，为平定西域统一祖国做出了贡献。

⑥ 请长缨：西汉终军十八岁时曾上书汉武帝，受到赏识。后任谏议大夫，奉命去说服南越王，他曾说："愿受长缨（系人的长绳子），必羁南越王而致之阙下（一定将南越王绑来您这里）。"后用"请缨"指代勇敢主动地去承担重任。

## 【汉译】

初登燕台我的心情如此激动，

汉家大将营中传来了喧天的军乐声。

万里积雪反射着耀眼的寒光，

朦胧曙色中旌旗在迎风舞动。

战场的烽火紧连着胡地的月光，

河岸山脉簇拥着重镇蓟城。

早年虽然没有投笔从军，

今天我却要向皇帝请缨为国立功。

## 【Translation】

I was so excited when I first went to Yantai.

The loud sound of military music came from the barracks of the Han generals.

Thousands of miles of snow reflects the dazzling cold light.

The flags are waving in the wind in the dim twilight.

The beacon fire of the battlefield is closely linked to the moonlight of Hu.

The important city of Jicheng is surrounded by mountains along the river bank.

Although I did not give up my pen to join the army in my early years，

Today I want to ask the emperor to send a long tassel so that I can render meritorious service to the country.

---

## 【内容提示】

诗写作者在万里积雪的寒冬来到边塞重镇蓟门。举目眺望，天宇辽阔，山川险要，不禁豪情满怀。远处战斗的烽火，附近军营中边防军的昂扬意气、赫赫军威，更激发了作者投笔从戎、安定边疆的志愿。诗的格调高昂、振奋人心。

竹喧歸浣女
蓮動下漁舟

## 诗　佛

　　王维，唐朝著名诗人，其五言山水诗最为出名。因为他的诗歌内容带有佛教意味，晚年更无心仕途，专心作诗奉佛，所以人称"诗佛"。北宋苏轼对王维的诗有很高评价："味摩诘之诗，诗中有画；观摩诘之画，画中有诗。"

# 春中田园作①
## Rural Spring

### 王　维
### Wang Wei

屋上春鸠鸣，村边杏花白。
持斧伐远扬②，荷锄觇泉脉③。
归燕识故巢，旧人看新历。
临觞忽不御④，惆怅远行客。

## 【作者简介】

王维（约 701—761 年），字摩诘，太原祁（今山西祁县）人。盛唐山水田园诗派的主要作家，他的很多诗句成为千古名句。他又是一位艺术家，擅长绘画、音乐等。

## 【注释】

① 春中（zhòng）：就是仲春，春季第二月（即农历二月）。

② 远扬：指扬起的、斜着伸向空中的枝条。

③ 觇（chān）：察看，探测。泉脉：地层中的流泉犹如人体的血脉一样，所以称为泉脉。

④ 觞（shāng）：古代喝酒用的器皿。御：进用。

## 【汉译】

春天的斑鸠在尽情地欢唱，
雪白的杏花环绕着村庄。
举起斧子砍掉那斜出的枝条，
扛着锄头察看泉水的流向。
归来的燕子还认识它的老巢，
旧主人却已在翻看着新的历书。
想畅饮一杯忽然又将酒放下，
怅然记起那些身居他乡的人们。

## 【Translation】

The turtle doves in spring are singing heartily.
Snow-white apricot blossoms surround the village.
He raises the axe and cuts off the slanting branch.
He carries a hoe and watches the flow of the spring.
The returning swallow also knows its nest.
The old master already looks through the new calendar.
He wants to drink wine and suddenly puts down the cup，
Remembering the people who live in other places.

## 【内容提示】

　　王维是被誉为"诗中有画"的盛唐时期著名的山水田园派诗人，这首诗就是一幅春天的农家田园画。前面六句都是写景，"春鸠鸣""杏花白"两句已把春意写得很浓重，接着以农事的繁忙点出春意之

"闹"，万象更新，是播种的季节。连燕子都归来营造故巢，那么人更该翻开日历做一年之计了。结尾两句是抒情，作者笔力一转，于把酒临觞之际不由想起客居外乡的人们无缘领略如此春意，真令人惋惜，由此更突出了作者爱春、惜春之情。

# 新晴野望
## Field View After Rain

### 王　维
### Wang Wei

新晴原野旷，极目无氛垢①。

郭门临渡头，村树连溪口。

白水明田外②，碧峰出山后。

农月无闲人，倾家事南亩③。

## 【注释】

① 极目：尽目力所见。

② 白水：在阳光下闪闪发亮的河水。

③ 倾家：全家出动。事：侍弄。

## 【汉译】

雨后初晴的原野清新空旷，

放眼望去没有一点尘垢。

城门临着渡头，

村边的绿树连着溪口。

银色的河水在田野尽头闪着波光，

青翠的峰峦层层叠叠耸立在山脊后。

农忙时节哪有闲人，

全家都在田里把庄稼侍弄。

## 【Translation】

After the rain, the fields are fresh and open.

There is no dirt as far as the eyes can see.

The city gate faces the ferry.

The green trees at the edge of the village are connected to the stream.

The silver water glistens beyond the fields.

Verdant peaks rise on top of each other behind the ridge.

There are no idle people in the busy farming season.

The whole family tend the crops in the fields.

## 【内容提示】

在王维的田园诗中，这是描摹细致的作品。全诗所呈现在读者面前的，是农民眺望春日原野时所见到的景象：雨水冲刷过的原野一片清新明净，村树渡口、白水碧峰，新绿欲滴，纤尘皆无，一片透明，准确鲜明地显示出雨后新晴的景物特点，意境清幽秀丽。而结尾两句则是在一片静物中突然写出动态的事物，动与静结合，使画面充满生气。作者就是用这幅田园胜景表达了自己对自然、对生活的热爱之情。

# 山居秋暝①

## Autumn Evening in the Mountains

### 王　维

### Wang Wei

空山新雨后，天气晚来秋。

明月松间照，清泉石上流。

竹喧归浣女②，莲动下渔舟。

随意春芳歇③，王孙自可留。

## 【注释】

① 暝：晚。

② 浣（huàn）：洗。浣女：洗衣女子。

③ 随意：任凭。

---

## 【汉译】

雨后的山林幽深清新，

秋天的傍晚这般宁静。

皎洁的月光从静寂的松树间洒落，

清澈的泉水在山石上淙淙流过。

竹林喧嚣走出一群洗衣姑娘，

莲叶摆动着向两边分开驶来晚归的渔船。

任凭他春花芳草尽凋零，

淳朴洁净的景致会使人留居山中。

## 【Translation】

After the rain，the forest in the mountains is deep and fresh，

The autumn evening is so quiet.

The bright moonlight shines through the silent pine trees，

The clear spring water gurgles over the rocks.

A group of washing maids merrily come out of the bamboo grove，

The lotus leaves stir when the returning fishing boats pass.

Let the spring flowers and grass wither，

The simple and clean scenery will make people stay in the mountains.

## 【内容提示】

雨后清秋，令人神爽，如果傍晚在林边，那景色定会更加清新明丽，王维在这首诗中正是为我们描绘了这样一幅画面。其中的"明月松间照，清泉石上流"是千古吟咏的名句。月光如水，青松挺拔，清泉吟唱，巨石闪光，这里有声、有光又有广阔的空间，令人神往。而在空山静寂之中又有浣纱姑娘和归舟渔人的喧闹之声，从而使整个画面顿时活跃起来，使人感受到自然主宰者的高洁和理想。最后两句则直抒胸臆，表达作者厌恶官场生活，追求隐居自适的清高思想。

# 观　猎

## Hunting

### 王　维

#### Wang Wei

风劲角弓鸣①，将军猎渭城②。

草枯鹰眼疾③，雪尽马蹄轻。

忽过新丰市④，还归细柳营⑤。

回看射雕处⑥，千里暮云平。

## 【注释】

① 角弓：用兽角装饰的弓。

② 渭城：在长安西北渭水北岸。

③ 疾：锐利。

④ 新丰市：即现在的陕西新丰，位于长安东北。

⑤ 细柳营：汉代名将周亚夫屯兵之处，在长安西。这里用以指代将军驻地。

⑥ 雕：猛禽，能高飞，不易射中。这句赞将军善射。

## 【汉译】

风声强劲角弓鸣响，

将军打猎来到渭城。

野草枯干猎鹰的眼睛特别锐利，

积雪消融奔马的四蹄愈发轻盈。

转瞬间离开了新丰市，

又回到了所驻扎的军营中。

回头遥望那射雕的地方，

傍晚的云层已与大地连成一片。

## 【Translation】

The wind is strong and the horn-backed bow is ringing.

The general came to Weicheng City for hunting.

When the grass is dry, the eyes of the falcon are especially sharp.

The snow melts and the galloping horse's hooves grow lighter.

He left Xinfeng City in an instant.

He returned to the barracks where he stationed.

Looking back at the place where the eagle was shot,

At this time, the clouds far away and the edge of the earth meld.

## 【内容提示】

这首诗描写了一个射技高超的将军狩猎的场面。在一个野草枯干、积雪消融的时节，将军在劲风中跃马奔驰，拉弓射雕，忽来忽往，行动迅疾，充分显示了将军的雄姿。

# 使至塞上①

## On Mission to the Frontier

王　维

Wang Wei

单车欲问边②，属国过居延③。

征蓬出汉塞④，归雁入胡天。

大漠孤烟直，长河落日圆。

萧关逢候骑⑤，都护在燕然⑥。

## 【注释】

① 使：出使。

② 问：慰问。边：边塞。

③ 属国：本是汉代官名，这里用以代指作者本人。居延：城名，属凉州张掖郡，在现在的内蒙古自治区额济纳旗境内。

④ 征蓬：随风飞动的蓬草。

⑤ 萧关：地名，在现在的宁夏固原市东南。候骑：骑马的侦察兵。

⑥ 都护：各边防所的最高武官。燕（yān）然：山名。

## 【汉译】

驾轻车慰问守边将士，

路漫漫直奔居延关。

蓬草随风一直飘出汉朝边塞，

归雁成行正飞入匈奴的辽阔苍天。

浩瀚沙漠一柱烽烟袅袅直上，

悠长的黄河托起一轮圆圆的落日。

马到萧关巧遇侦察骑兵，

告诉我都护还战斗在更远的燕然。

## 【Translation】

I drove a light carriage to comfort the soldiers guarding the frontier.

It's a long way to Juyan Pass.

Grass has been floating out of the Han Dynasty Hu frontier fortress with the wind.

The returning geese are flying into the vast sky.

A pillar of beacon smoke rises straight in the vast desert.

The long Yellow River holds up a round setting sun.

The reconnaissance cavalry I encounter at Xiao Pass by chance，

Tell me the general is still fighting farther beyond Yan Ran.

## 【内容提示】

王维的归隐田园只是不得志的思想反映。实际上他也是积极进取的，这首诗就是写他出使边塞的情景。离却辋川庄园，来到边关履职，眼前一片塞外荒莽的景色："大漠孤烟直，长河落日圆"，孤烟之"直"正写大漠之阔，落日之"圆"更显大河之长，这与他的田园诗大异其趣。由都城到居延，又忙奔萧关，不怕劳顿饥渴，不正是他为国出力的生动写照吗！

# 鹿　柴①

## Luzhai

### 王　维

### Wang Wei

空山不见人，
但闻人语响②。
返景入深林③，
复照青苔上④。

## 【注释】

① 鹿柴（zhài）：辋川地名。

② 但：只，仅。

③ 返景：返照的阳光。这里的景同影。

④ 青苔：潮湿地生长的一种藻类植物。

---

## 【汉译】

空寂的山中看不见人影，
却从林中传来阵阵话语声。
落日的余晖反射入林海深处，
又映照在幽暗的青苔上。

## 【Translation】

No one could be seen in the empty mountains.

The sound of whispering came from the woods.

The afterglow of the setting sun shot back into the depths of the forest.

A slanting glow was reflected on the dark moss.

---

## 【内容提示】

这是王维后期山水诗的代表作，诗中写的是深山傍晚的幽静景色。"空山不见人"，"空山"二字是直写，而"不见人"则使"空"字具体化，更见其"空"。"但闻人语响"，山深林密，只偶闻话语声却不见人影，从而使空山更加寂然。紧接着由声响转到对光色的描写，返照的光影射入深林，映照于青苔之上。看似亮色，但在幽暗之中则更衬出林海深处的晦暗寂寞，这种出神入化的描绘正是作者潜心观察体味的结果。

# 竹 里 馆
## The Bamboo Hut

王 维

Wang Wei

独坐幽篁里<sup>①</sup>，
弹琴复长啸<sup>②</sup>。
深林人不知，
明月来相照。

**【注释】**

① 幽篁（huáng）：寂静的竹林。
② 啸：这里指长啸歌吟。

**【汉译】**

一个人独坐在竹林深处，
边弹琴边高声吟诵。
独处林中不被人知晓，
只有明月伴我共度今宵。

**【Translation】**

Sitting alone in the depth of the bamboo forest，

Recite aloud while playing the Guqin.

Alone in the deep woods where I'm unknown，

Only the bright moon accompanies me through the night.

## 【内容提示】

　　这首短诗写的是竹林和林中之人所组合成的清幽画面。写竹林，作者用了"幽篁""深林"和"明月"；写人，作者用了"独坐""长啸"和"不知"。六个词语看来都极平常，然而合在一起则组成了一幅空明澄净的月夜幽林景色，画面清冷，气氛幽寂，从而表现出作者清高隐逸，孤寂消极的情感。语言平淡自然而意境深远含蕴。

# 鸟 鸣 涧①

## The Dale with Birds Singing

### 王 维

### Wang Wei

人闲桂花落②，
夜静春山空③。
月出惊山鸟，
时鸣春涧中。

## 【注释】

① 鸟鸣涧：鸟儿在山涧中鸣叫，这里是写山涧春天月夜的幽美境界。
② 闲：悠闲。
③ 空：空荡，寂寥。

## 【汉译】

人心悠闲桂花轻飘落，
宁静的夜晚春山更寂寥。
明月升起惊动了林中的小鸟，
春水长流的山涧传来声声鸣叫。

## 【Translation】

People are enjoying quiet life and sweet-scented osmanthus are falling lightly.

The spring mountain is more lonely in the tranquil night.

The rising of the moon startles the birds in the woods.

The sound of chirping comes from the dale where the spring stream flows.

## 【内容提示】

王维是写空山的秀笔，这首诗又自有一番韵味。"春山空"不仅由于"夜静"，而更是"月光"的照射、"山鸟"的"时鸣"映衬出来的。"桂花落"和"春山空"的幽静与鸟鸣、涧响相映成趣，好一幅春夜山中空旷寂静的景色。语言清新自然，意境深远优美，烘托出盛唐时代和平安定的社会气氛和作者对大自然的热爱之情。

# 山中送别
## Parting in the Hills

王　维

Wang Wei

山中相送罢，

日暮掩柴扉<sup>①</sup>。

春草明年绿，

王孙归不归<sup>②</sup>。

**【注释】**

① 日暮：太阳落了。柴扉：柴门。

② 王孙：指诗人所送的朋友。

**【汉译】**

白天沿山路送走了友人，

天黑了，我怅然地关上了柴门。

到了明年春草都绿了的时候，

不知你还能不能回到这里。

**【Translation】**

During the day, I saw off my friend along the mountain road.

When it was dark，I closed the firewood door disappointedly.

When the grass is green next spring，

I wonder if you can come back here.

## 【内容提示】

天将黑了，家家都关起了柴门，此刻与友人离别的寂寞之感、怅惘之情愈发浓重。作者只写了一个"掩柴扉"的动作而抛开话别场面、惜别情怀不写，就将这种离人们共同的体验深切地表达出来了。"春草明年绿，王孙归不归"，这充满了期望而又担忧的思绪更流露出作者内心深处对友人的惜别之情。诗中虽无离别的言词，然而字里行间却流溢着离愁别绪。

# 杂　诗

## Where I Was Born

王　维

Wang Wei

君自故乡来，
应知故乡事。
来日绮窗前①，
寒梅著花未②？

## 【注释】

① 来日：出发前来的那天。绮窗：雕绘着花纹的窗子。
② 著花：开花。

---

## 【汉译】

你来自我日夜思念的故乡，
一定会知道故乡的人事沧桑。
临来的时候那雕花窗前，
寒梅枝头是否已开出美丽的花朵？

## 【Translation】

You come from the hometown I miss day and night.

You must know the vicissitudes of life in our hometown.

Upon your departure，in front of the carved window，

Are there any beautiful flowers on the branches of the cold plum?

---

## 【内容提示】

他乡遇故人是人生乐事，更何况是在客居日久、思乡心切之时，更是心情激动，万语千言不知从何说起。正因如此，作者急切地问朋友"应知故乡事"，而"故乡事"的内容是十分丰富的，从何说起呢？作者的高明之处在于并不细问生活琐事，而出人意料地发问道："寒梅著花未？"这中间包含着多少悬想、牵挂和情思啊！于是"寒梅"成了故乡和亲人的象征，寄托着作者的深情厚谊。看似平淡无奇，朴素自然，但其中的艺术功力却非比寻常，这叫作"养成大拙方为巧"。

# 相　思
## Love Seeds

王　维
Wang Wei

红豆生南国<sup>①</sup>，
春来发几枝？
愿君多采撷<sup>②</sup>，
此物最相思。

**【注释】**

① 红豆：产于广东、广西一带，颜色鲜红。相传古时有一人死在边塞，他的妻子想念他，在树下痛哭而死，化为红豆。所以红豆又名相思子。古人常用来表示爱情。
② 撷（xié）：摘取。

**【汉译】**

那生长在南方的红豆树啊，
春天来了不知又发了多少新枝？
但愿你能多多把它采摘，
因为它呀，
最能够引人相思。

## 【Translation】

The red bean trees grow in the south.

Spring is coming，and I wonder how many new branches have come out?

I wish you could pick more of them，

For it is the best to show my lovesickness.

## 【内容提示】

红豆是相思和爱情的象征，因此作者首句便点出了"相思"之题，"春来发几枝"中的"几枝"有物以稀为贵之意，于是引出"多采撷"之句。在多与少的矛盾中表现了相思之切、感情之深。为什么要多采撷呢？最后一句明白点题："此物最相思。"语言平易流畅，感情深挚热烈，富有民歌风味。

# 田园乐（其六）

## Idyll（Ⅵ）

### 王　维

### Wang Wei

桃红复含宿雨①，
柳绿更带朝烟②。
花落家童未扫，
莺啼山客犹眠③。

## 【注释】

① 宿雨：隔夜的雨珠。

② 朝烟：晨雾。

③ 犹：还。

## 【汉译】

桃花瓣上还含着昨夜的雨滴，
碧绿的柳丝在迷蒙的晨雾中隐现。
遍地的花瓣家童还没有打扫，
黄莺鸣叫声声，山客还在酣眠。

【Translation】

The raindrops of last night still stay on the peach petals.

Green willows are veiled in the mist of morning.

Fallen petals are here and there，awaiting the servant boy to clean up.

The warblers are singing，but the hermit is sleeping soundly.

---

【内容提示】

这首诗描写的是一个春天的早晨的景致：桃花饱含着隔夜的雨水，色彩鲜艳，形态可爱；碧绿的柳丝在朦胧的雾气中若隐若现，令人心醉神迷。家童还没有起来打扫那满地凋落的花瓣，山客在黄莺的啼鸣中还在酣睡。这景色既宁静优美，又清新明朗。

# 少年行四首（其一）
## Song of Youngsters（Ⅰ）

王 维

**Wang Wei**

新丰美酒斗十千①，

咸阳游侠多少年②。

相逢意气为君饮③，

系马高楼垂柳边。

## 【注释】

① 新丰：地名，在长安东北，即现在的陕西新丰镇。古时此地产名酒，叫新丰酒。

② 咸阳：秦的都城。这里指长安。

③ 君：对对方的尊称，相当于"您"。这里是泛指。

## 【汉译】

新丰的美酒价值千金，

咸阳的游侠大多青春少年。

喜相逢论义气开怀畅饮，

任坐骑闲散在柳旁楼前。

## 【Translation】

Xinfeng's wine is fine and precious.
Xianyang's knight-errants are mostly youth.
Happy to meet，talk about loyalty and drink freely.
Let the horses idle in front of the willow-sided building.

## 【内容提示】

王维笔下写游侠少年似不多见，然而这首诗却写得非同一般。作者不写英武骁勇，也不描疆场厮杀，而是从仗义纵酒这一别致角度把少年游侠写得跃然纸上。"新丰""咸阳"是秦地游侠的典型环境，他们萍水相逢，意气相投，于是饮酒畅谈，旁若无人，显示出一种豪迈的风度，也烘托出重正义、轻生死，勇于为国献身的气概。而最后一句的骏马、高楼和柳树则点染出一种浪漫的情调，使游侠的形象更加鲜明生动和富于生活气息。

# 九月九日忆山东兄弟①

## Remembering the Shandong Brothers
## at Double Ninth Festival

王　维

Wang Wei

独在异乡为异客，
每逢佳节倍思亲②。
遥知兄弟登高处，
遍插茱萸少一人③。

## 【注释】

① 九月九日：指重阳节。

② 倍：更加。

③ 茱萸（zhū yú）：一种香草。古人在重阳节这天登上高处，将茱萸插在头上，据说能避邪。少一人：指诗人自己不能和兄弟们团圆。

## 【汉译】

独自漂流做客在他乡，
重阳节到了，
更加把亲人们怀想。
遥想兄弟们身插茱萸登高远望，
家人欢聚惋惜只少我一个人。

## 【Translation】

Wandering alone as a guest in a place away from home，
When the Double Ninth Festival is coming.
I miss my loved ones twice as much.
Recalling my brothers with dogwood leaves on them，climbing
high and looking into the distance，
It is a pity I am the only one absent from the family gathering.

---

## 【内容提示】

这是王维十七岁客游长安时的思乡之作。思乡恋土之情人皆有之，但各有其不同的内容和表达方式。而王维在首句的七个字中竟用了一个"独"字和两个"异"字，其思乡之分量是十分沉重的。"每逢佳节倍思亲"之"倍"更有千钧之力，虽然语言平直，却是情浓意重，遂成千古名句。后两句更是妙笔生花，明是自己思亲，却曲笔写兄弟想念自己，其中既隐含作者体贴周到之意，又加强了思乡情感的抒发，耐人寻味。

# 送元二使安西①

## Seeing Yuan Er off to the Northwest Frontier

### 王　维

### Wang Wei

渭城朝雨浥轻尘②，

客舍青青柳色新③。

劝君更尽一杯酒，

西出阳关无故人④。

## 【注释】

① 元二：姓元，排行第二。安西：唐代安西都护府治所，在现在新疆库车附近。

② 渭城：在长安西北，渭河的北岸。浥（yì）：沾湿、润湿。

③ 客舍：旅店。

④ 阳关：在现在的甘肃敦煌西南，玉门关南，为当时出入塞的要道。唐时出了阳关就是西域。

## 【汉译】

渭城清晨的雨丝，

润湿了轻细的尘土；

驿馆里的柳树枝条，

轻柔翠绿愈发清新。

劝你再饮下这杯送别酒，

出发西行过了阳关便没有了友人。

## 【Translation】

The early morning rain in Weicheng,

Moistened the fine dust;

The branches of the willows around the inn,

Are light, green and fresh.

I invite you to drink another cup of farewell wine.

Having set out westbound, and pass beyond Yang Pass you'll meet no friends there.

## 【内容提示】

这首壮别的名诗是王维的杰作，传诵、传唱千古不绝。离别是人生的悲伤事，但王维却从清新欢快的场景写起：小雨初霁，大路上尘土不扬。客舍清新，垂柳翠绿，十分宜人。对离别的时间、地点和环境的气氛渲染正是为了在对比中突出分别的凄苦。分手在即，二人四目相对，万语千言竟无从谈起，只是酿成了一句平常的劝酒词"劝君更尽一杯酒"，看似平淡，却更令人动情、动心，因为就此分手后便是"西出阳关无故人"了。结尾处尤其凄婉哀伤，令人心碎。

# 诗　仙

　　李白，唐代伟大的浪漫主义诗人，一生写了一千余首诗歌，主要以描写山水和抒发内心情感为主。李白的诗赋就其开创意义和艺术成就而言，在中国古典诗歌史上享有极为崇高的地位，被后世誉为"诗仙"。杜甫《寄李十二白二十韵》："笔落惊风雨，诗成泣鬼神。"李白又是"醉八仙"之首。杜甫《饮中八仙歌》："李白一斗诗百篇，长安市上酒家眠。天子呼来不上船，自称臣是酒中仙。"

# 丁都护歌①

## Song of the Tow-men

### 李 白

### Li Bai

云阳上征去②，两岸饶商贾③。

吴牛喘月时④，拖船一何苦⑤。

水浊不可饮，壶浆半成土。

一唱都护歌，心摧泪如雨。

万人凿盘石⑥，无由达江浒⑦。

君看石芒砀⑧，掩泪悲千古。

## 【作者简介】

李白（701—762 年），字太白，号青莲居士。他出生于中亚碎叶（现吉尔吉斯斯坦的托克马克附近），生长于绵州昌隆（今四川江油）。他是盛唐诗坛的代表作家，同时还是我国古代继屈原之后又一伟大的积极浪漫主义诗人。

## 【注释】

①《丁都护歌》：南朝乐府《吴声歌曲》名，是一个很哀苦的曲调。

② 云阳：现在的江苏丹阳。上征：逆水上行。

③ 饶：多。贾（gǔ）：商人。

④ 吴牛喘月：指天气很热。据说吴地水牛怕热，天热时看见月亮以为是太阳，就会气喘起来。

⑤ 一何："多么"的意思。

⑥ 盘：同"磐"，大石头。

⑦ 无由：无从，没有办法。江浒：江边。浒：水边。

⑧ 石芒砀（máng dàng）：石头又大又多的意思。

---

## 【汉译】

从云阳逆水北上，
两岸云集着富商巨贾。
正是"吴牛喘月"的酷热天气，
纤夫拉船多么辛苦。
饮水混浊实在难喝，
一壶水里竟含半壶土。
唱起悲怆的都护歌，
伤心的泪水如雨落。
千万人凿开的大石头，
没办法运到江边去。
看着又大又多的石头，
真叫人泪流悲叹千古！

## 【Translation】

Heading north from Yunyang against the currents，
There are rich businessmen on both banks of the river.
It is just in the very hot weather.
How hard it is for the trackers to pull the boat.

The turbid water is really undrinkable.

Thick silt fills half the pot.

Singing the sorrowful Duhu song,

Sad tears fall like rain.

A great stone has been hacked by thousands of men,

But there is no way to transport it to the riverside.

Looking at all these big rocks,

It really makes people cry and lament through the ages!

---

## 【内容提示】

这是李白大量诗作中直接描写社会矛盾,反映人民疾苦作品中的佼佼者,也是唐诗中的珍品。诗中以无比同情的笔墨绘出了拖船运石者的艰苦劳动和悲惨生活,并以对比的手法指出统治阶级和商人在百姓血汗中所榨取的财富,结尾以"掩泪悲千古"的撼人心扉的诗句表达了作者的感情。诗以民歌形式和手法写成,浅近通俗,明白如话。

# 塞下曲六首（其一）
## Frontier Song（Ⅰ）

### 李　白
### Li Bai

五月天山雪①，无花只有寒。

笛中闻折柳②，春色未曾看。

晓战随金鼓③，宵眠抱玉鞍④。

愿将腰下剑，直为斩楼兰⑤。

## 【注释】

① 天山：在现在的新疆维吾尔自治区，山上终年积雪。

② 折柳：即《折杨柳》曲。

③ 金鼓：指战鼓。

④ 玉鞍：马鞍子。

⑤ 楼兰：我国古代新疆地区少数民族建立的政权名称。这里指楼兰的首领。

## 【汉译】

五月的天山还有积雪，

没有飘舞的雪花却有逼人的寒气。

悠扬的笛声传送着《折杨柳》曲，

美丽的春色还不曾看见。

清晨伴随着战鼓声出战，
夜晚抱着马鞍子入眠。
我多想用腰下的利剑，
为国立功斩杀楼兰。

## 【Translation】

There is still snow in the Tianshan Mountains in the fifth month.

There are no fluttering snowflakes，but there is a pressing chill.

The melodious sound of the flute conveys the song of folding willows.

The beautiful spring scenery has not been seen yet.

Early in the morning，fighting is accompanied by the sound of war drums，

Late in the evening I slept with a saddle in my arms.

I want to use the sword under my waist，

To kill the leader of Loulan for the country.

## 【内容提示】

李白的《塞下曲》共六首，这是第一首，写的是边塞战士艰苦而又紧张的战斗生活。作者先极写边塞环境的艰苦，从而更加反衬出战士们的英勇战斗精神及随时准备为国杀敌立功的雄心壮志。诗的语言自然，风格苍凉雄壮。

# 静　夜　思①

## Thoughts on a Silent Night

### 李　白

Li Bai

床前明月光，
疑是地上霜。
举头望明月，
低头思故乡。

## 【注释】

① 静夜思：在寂静的夜晚所引起的思念。

## 【汉译】

床前洒满明亮的月光，
使人误以为那是地上冻结的冰霜。
抬头仰望皎洁的明月，
不由得怀念起遥远的故乡。

## 【Translation】

In front of my bed there is bright moonlight.

I mistake it for frozen frost on the ground.

Looking up at the bright moon，

I cannot help but miss the distant hometown.

## 【内容提示】

　　这是一首写游子思乡的名篇。作者以眼前景色勾勒了一幅思乡的典型意境：清冷的月光照在夜不能寐者的床头，那月光洒在地上仿佛是铺上了一层白霜，冷寂、孤独的气氛把主人公的内心世界形象化了。后两句"举头""低头"的直接抒写更把思乡之苦表达得淋漓尽致。

# 子夜吴歌（其三）

## Ballads of Four Seasons（Ⅲ）

### 李 白

### Li Bai

长安一片月，万户捣衣声①。

秋风吹不尽，总是玉关情②。

何日平胡虏，良人罢远征③。

## 【注释】

① 万户：不是实指，形容很多。捣衣：指洗衣时用棒槌洗棰衣之声。

② 玉关情：玉关，即玉门关。玉关情：指思念远戍边塞的丈夫之情。

③ 良人：丈夫。罢：停止。

---

## 【汉译】

一片月色的长安城，

千家万户传出捣衣声。

秋风阵阵吹不尽啊，

那系着玉门关的相思之情。

不知何日能平定边境的战乱，

丈夫才能结束远征踏上归程。

## 【Translation】

In the moonlight of Chang'an，

The sound of beating clothes comes from thousands of households.

The autumn wind is blowing endlessly，

Mixed with wives' lovesickness of the Yumen Pass.

I don't know when the unrest on the border will be quelled.

And my husband can end the expedition and set foot on the return journey.

## 【内容提示】

描写战乱，反映征伐给人民造成的痛苦，在唐诗中是重要的题材，作品颇多。而李白的这首诗则别出心裁，他不写战场拼杀，也不写将士的苦闷，而是写大后方人民的生活，从侧面表现战争的创伤。首都长安的月夜里到处响起捣衣之声，在秋风瑟瑟的月夜，人们更加思念出征的亲人，遂由衷地发出"何日平胡虏，良人罢远征"的叹惋，深沉有力，动人心魄，可谓千古名句。

# 横 江 词①

## Poem of Heng River

### 李 白

### Li Bai

人道横江好②，

侬道横江恶③。

一风三日吹倒山④，

白浪高于瓦官阁⑤。

## 【注释】

① 横江：即横江浦，在现在的安徽和县东南，形势险要。

② 道：说。

③ 侬：我。

④ 一风三日：大风连刮三天。

⑤ 瓦官阁：即瓦官寺阁，又名升元阁，在江宁（今江苏南京）城外，高二十四丈。

## 【汉译】

人人都说横江好，

我说横江太险恶。

连日大风几乎能吹倒山峰，

滔天白浪超过岸边的高阁。

## 【Translation】

Everyone says that Heng River is good,

I say Heng River is too dangerous.

Days of strong winds can almost blow down the mountains,

The towering whitecaps surge higher than the pavilion on the shore.

---

## 【内容提示】

思想解放、不随流俗、凭借自己的眼睛看世界的李白，在世人都说横江好的成见中，他却看到了横江的另一面，即由于气候恶劣致使浊浪排空，会为人类带来灾难的情景。这也许是李白不仅观赏风和日丽的横江，同时也观察风雨中的横江，因而能全面看事物的结果吧！诗中成功地运用了夸张的写法，渲染了横江的风浪之大。

# 秋浦歌① （十四）

## Songs of Qiupu（XIV）

### 李 白
Li Bai

炉火照天地，
红星乱紫烟②。
赧郎明月夜③，
歌曲动寒川④。

## 【注释】

① 秋浦：现在的安徽贵池，唐时这里产铜和银。

② 红星：指冶炼炉口冒出的火星。乱：飞溅。紫烟：炉中冒出的紫色烟雾。

③ 赧（nǎn）郎：指面庞被炉火映红的冶炼工人。

④ 寒川：寂静寒冷的河水。

## 【汉译】

炉火熊熊照亮了天地，
紫烟蒸腾火星纷乱飞。
明月照亮了冶炼工火红的脸庞，
歌声震荡了寒冷的河水。

## 【Translation】

A roaring fire lit up the sky and the ground.

Purple smoke was rising and sparks were flying.

The bright moon lit up the red face of the iron workers.

Their songs shook the cold river.

# 秋浦歌（十五）
## Songs of Qiupu（XV）

李 白
Li Bai

白发三千丈，
缘愁似个长<sup>①</sup>。
不知明镜里，
何处得秋霜<sup>②</sup>。

【注释】

① 缘：因。似个：像这般。
② 秋霜：这里形容头发像秋霜一样白。

【汉译】

白发飘飘有三千丈，
因愁闷使它变得这样长。
对着明镜望见这满头白发，
好似从哪里得到这"秋霜"。

【Translation】

The white hair flutters for three thousand feet，

And grows so long because of melancholy.

I look into the mirror and see the white hair，

Which is like "autumn frost" from somewhere.

## 【内容提示】

李白漫游大江南北，深刻体察了人民群众的生活，并用自己的诗歌反映了人民的疾苦和社会的矛盾。《秋浦歌》（十四）生动地描写了冶铁工人的劳动生活：前两句写冶炼的宏伟劳动场面，后两句写工匠的形象和精神世界，全诗充满了征服自然、创造财富的自豪感。这种情调和形象在唐诗中是不多见的。

《秋浦歌》（十五）是古代诗歌中抒发郁闷愁苦心情的名篇。通篇采用夸张的写法，描绘了因愁闷而使头发由黑变白，迅速扩延和增长的情景。以"三千丈"的白发和满头的银丝来宣泄愁绪的浓重，虽是极度的夸张，但却不使人感到荒诞，相反，却使人有恰如其分之感。

# 赠 汪 伦①
## To Wang Lun

## 李 白
### Li Bai

李白乘舟将欲行，
忽闻岸上踏歌声②。
桃花潭水深千尺③，
不及汪伦送我情。

## 【注释】

① 汪伦：泾县（今安徽泾县）桃花潭的村民。李白游经此处，汪伦酿美酒招待他，于是成为好友。

② 踏歌：手拉手唱歌，踏地作为唱歌的节拍。民间一种歌唱方式。

③ 桃花潭：在泾县西南。

## 【汉译】

李白乘坐着小船刚要离去，
忽然从岸上传来踏歌的声音。
桃花潭水就是有上千尺，
也深不过汪伦送别我的一片真情。

## 【Translation】

Li Bai was about to leave in a boat，
Suddenly from the shore came the sound of singing and dancing.
The Peach Blossom Lake is one-thousand-foot deep，
But it is not deeper than Wang Lun's affection to bid me farewell.

## 【内容提示】

李白重友情、尚侠义的性格在诗中多有表现，《赠汪伦》是其中的名作。李白乘舟将要远行，汪伦以歌声送别于江岸，如何表达朋友的深情呢？李白在后半部分以出奇制胜的手法迸发出夸张而有力的诗句："桃花潭水深千尺，不及汪伦送我情。"把抽象的感情具体化，浓情厚谊激动人心。

# 黄鹤楼送孟浩然之广陵①

## Seeing Meng Haoran off at Yellow Crane Tower

### 李　白

#### Li Bai

故人西辞黄鹤楼②，
烟花三月下扬州③。
孤帆远影碧空尽，
惟见长江天际流。

## 【注释】

　　① 黄鹤楼：旧址在今湖北武昌蛇山黄鹄矶上，下临长江。之：往。广陵：即扬州。

　　② 故人：老朋友。

　　③ 烟花：形容柳如烟、花似锦的明媚春光。

## 【汉译】

　　老朋友将西行告别于黄鹤楼，
　　在春花似锦的三月前往扬州。
　　一叶孤舟渐渐远去，不久便消失在蓝天的尽头，
　　只见长江之水浩浩荡荡地向天边奔流。

## 【Translation】

My old friend will bid farewell at the Yellow Crane Tower on their westward journey.

He will go to Yangzhou in the misty blooming flowers of late spring.

A boat gradually goes away，and soon disappears at the end of the blue sky.

What can be seen is the water of the Yangtze River rushing to the horizon.

## 【内容提示】

与《赠汪伦》相较，这一送别诗的写法恰恰相反：是李白在岸上，而且是写实的。烟花三月正是伤春的季节，此时又要送别友人，站在黄鹤楼上，眼望朋友乘的帆船渐渐远去，一直到从视野中消逝，当船与江合为一线之后，诗人面前"惟见长江天际流"，正是在这个"空镜头"中，蕴含着无限的深情厚意。

# 渡荆门送别①

## Farewell Beyond the Jingmen

### 李　白

### Li Bai

渡远荆门外，来从楚国游②。

山随平野尽，江入大荒流③。

月下飞天镜，云生结海楼④。

仍怜故乡水⑤，万里送行舟。

## 【注释】

① 荆门：山名，在现在的湖北宜都西北。

② 从：参加，作。楚国：现在湖北省一带，秦以前属于楚国。

③ 大荒：广漠的荒野。

④ 海楼：海市蜃楼，一种因光线折射而产生的幻景，常见于海上或沙漠。

⑤ 怜：爱。故乡水：指诗人的生长地——蜀中的江里流出的水。

## 【汉译】

远渡到荆门山外，

来楚国故地一游。

群山随着平原的出现渐渐隐去，

长江在辽阔的荒野上滚滚奔流。

月亮好像天上飞下来的明镜，

云彩千变万化形成海市蜃楼。

多可爱的故乡水啊，

不远万里送我乘舟远行！

## 【Translation】

I took a ferry and went as far as beyond the Jingmen Mountain，

To visit the old place of the State of Chu.

The mountains fade away as the plains appear.

The Yangtze River runs through the vast wilderness.

The moon is like a mirror flying down from the sky.

The ever-changing clouds form a mirage.

How lovely the hometown water is!

It travels thousands of miles to send me sailing!

## 【内容提示】

这是李白离别生活了二十多年的蜀地，出荆门沿江东下时写的一首写景诗。首二句写出发的地点及此行的目的；诗的中间部分写沿途所见，形象地描绘了船出三峡渡过荆门山后江水宽缓、山峰陡峭的景象："山随平野尽，江入大荒流。"接着又以概括之笔写长江月夜与晴天的不同景色；结句是写触景生情，眷恋故乡的情感："仍怜故乡水，万里送行舟。"从而把出游的开朗愉悦与离乡的思念有机结合在一起，以鲜明生动的画面显现出来，具有很强的艺术感染力。

# 送 友 人

## Farewell to a Friend

### 李 白

#### Li Bai

青山横北郭<sup>①</sup>，白水绕东城。

此地一为别，孤蓬万里征<sup>②</sup>。

浮云游子意<sup>③</sup>，落日故人情<sup>④</sup>。

挥手自兹去<sup>⑤</sup>，萧萧班马鸣<sup>⑥</sup>。

## 【注释】

① 郭：外城的墙。

② 孤蓬：飞蓬，枯后根断，遇风飞旋。这里借喻远行的友人。

③ 游子：指友人。

④ 故人：指诗人自己。

⑤ 自兹：从此，从这里。

⑥ 萧萧：马鸣叫声。班马：临别的马。

## 【汉译】

青翠的山峦横在外城墙北面，

清澈的流水绕东城而奔去。

今天你我在这里分别，

明天你就要像蓬草一样随风飘转踏上万里征程。

那飘浮的白云像你一样行踪不定，

徐徐而下的夕阳寄寓着我对你的惜别之情。

挥挥手我们在这里最后分开，

两匹离别的马也禁不住发出萧萧长鸣。

## 【Translation】

Green hills lie to the north of the outer city wall，

The clear water runs around the east town.

Today you and I are here to say goodbye，

Tomorrow you will go on a journey of ten thousand miles like the grass drifting in the wind.

The floating cloud is as undirected as you are.

I bid farewell to you while the sun is setting wistfully.

Waving our hands，we finally part here，

And the two departing horses cannot help neighing.

## 【内容提示】

这是一首送别诗。诗中描述的送别情景历历在目，诗人与友人的离情别绪动人肺腑。"孤蓬""浮云"象征着友人随风飞转、任意东西的行踪，同时也表达了诗人对友人漂泊生涯的深切关怀。徐徐而下的落日好比诗人对友人依依惜别的心情；班马的萧萧长鸣婉转道出诗人对友人的无限深情。全诗感情真挚热诚，色彩鲜明，情景交融。

# 山中问答

## A Dialogue in the Mountain

### 李 白

### Li Bai

问余何意栖碧山①，
笑而不答心自闲。
桃花流水窅然去②，
别有天地非人间③。

## 【注释】

① 余：我。栖：指居住。碧山：在现在的湖北安陆。李白曾在此读书。

② 窅（yǎo）然：深远的样子。去：离开。

③ 别：另外。

## 【汉译】

问我为什么居住在碧山？
笑而不答，我心却自得悠然。
桃花瓣顺着流水向远方飘去，
别有天地，这里好像仙境一般。

## 【Translation】

Why do I live in Bi Mountain?

I smile and do not answer，but my heart is carefree.

The peach petals drift away along the running water.

It is quite different from this world which is like a fairyland here.

## 【内容提示】

在这首诗中，李白通过虚拟问答的手法，以流连山水的意象表达了热爱自然、厌恶黑暗腐朽的官场生活的情感。虽然是对发问者"笑而不答"，但那"心自闲"分明是胸有成竹。三四两句对山间景色的描写从侧面回答了自己"栖碧山"的原因所在。全诗充溢着一种闲适乐观的情调。

# 望庐山瀑布

## The Waterfall in Lu Mountain Viewd from Afar

李 白

Li Bai

日照香炉生紫烟①，
遥看瀑布挂前川。②
飞流直下三千尺，
疑是银河落九天。③

## 【注释】

① 香炉：香炉峰，庐山的北峰。
② 挂前川：瀑布下接河流，好像是挂在山川之间。
③ 九天：九重天，形容极高的天空。

## 【汉译】

太阳照射香炉峰生起一片紫色的云霞，
远望瀑布就像挂在山川之间的巨幅珠帘。
喷涌直下的流水好像有三千尺长，
让人疑心那是不是银河泻落到了人间。

## 【Translation】

The sun shines on the Incense Burner Peak of Lu Mountain，a purple cloud hovering，

The waterfall from afar is like a huge beaded curtain hanging between mountains and rivers.

The gushing water seems to cascade from a great height，

It makes people wonder if the Milky Way has fallen from the sky.

## 【内容提示】

古往今来，写庐山、绘瀑布的诗篇不可胜数，而李白的这首诗竟始终未有媲美者。四句诗中无论写山写水，皆以"日照"二字领起，并贯穿始终。首句"生紫烟"把日照下的香炉峰写活了，也因为日照，所以三四句的瀑布奇观也便清晰可见，写的是景色，但使人也同时听到那"三千尺"飞流的声音，日照飞瀑，银光闪烁，遂有"疑是银河落九天"之句。于瑰丽壮观景色之中透露出作者满满的阳刚和豪放，抒发了对祖国山河的崇敬和热爱。

# 望天门山<sup>①</sup>

## Tianmen Mount Viewed from Afar

李 白

Li Bai

天门中断楚江开<sup>②</sup>，
碧水东流直北回<sup>③</sup>。
两岸青山相对出，
孤帆一片日边来。

## 【注释】

① 天门山：在安徽当涂西南，也叫梁山；西梁山与东梁山夹江对
峙，好像一道门一样。这首诗写的是从当涂一带南望天门山的景象。

② 楚江：安徽属古楚国，所以称流经这里的一段长江为楚江。

③ 直北回：转向正北流。长江东流到芜湖至天门山一段江流突然转
向正北。

## 【汉译】

长江仿佛冲开了天门山奔涌而出，
东流的碧水到此转而向北径直流去。
两岸的青山相对高耸竞秀，
一片孤帆仿佛从太阳身边飞驶而来。

## 【Translation】

The Yangtze River seems to rush out of Tianmen Mountain.

The clear water flowing eastward turns here and flows straight northward.

The green mountains on both sides of the river stand tall and beautiful.

A lone sail seems to fly here from the sun.

## 【内容提示】

此诗写的是远远望去的西梁山与东梁山夹江对峙，好像一道门一样的壮观景色。首句写楚江以锐不可当之势冲决天门山奔泻而下的气势；第二句转笔写天门山夹住江水令其激荡回旋、波涛汹涌的奇观，"两岸青山相对出"的"出"字直写出站在疾行的舟中眼望天门山的动态壮美景象；结尾之句更是活现出"孤帆"乘风顺流径直驶向天门，犹如从太阳身边飞驰而来的壮美情景。全诗洋溢着力量、速度和令人神往的美，让人陶醉。

# 早发白帝城①

## Leaving Baidi City at Dawn

### 李　白

#### Li Bai

朝辞白帝彩云间②，

千里江陵一日还。

两岸猿声啼不住③，

轻舟已过万重山。

## 【注释】

① 唐肃宗乾元二年（759）春天，李白被流放夜郎，走到白帝城（今四川奉节）忽然接到赦书，惊喜交加，于是放舟东下江陵（今湖北江陵）。这首诗便是抒写其当时喜悦畅快的心情。早发：清晨出发。

② 彩云间：白帝山很高，耸立在色彩缤纷的云霞里。

③ 啼不住：不停地叫着。

## 【汉译】

清晨告别彩霞缭绕的白帝城，

千里之遥的江陵一天就到。

两岸的猿猴叫声不断，

轻轻的船儿已飞过万重高山。

## 【Translation】

At dawn，we bid farewell to Baidi City，which is crowned with rosy clouds.

Jiangling，a thousand miles away，is only one-day trip.

The screams of monkeys on both sides of the river had hardly ceased echoing in my ear.

When the light boat had flown past ten thousand mountains.

## 【内容提示】

本诗是通过描写长江上游壮观景色抒发乐观情怀的著名诗篇。头两句是江水流速之急和白帝城的奇绝景色；后两句则是进一步以"猿声"与"轻舟"再泼一墨，使船速之急和欢快心情更加突出。全诗无一字直写江水，但透过诗句来看又无一字不写江水。这正是李白写景诗的高妙之处。

# 宿五松山下荀媪家①

## Passing the Night at the Foot of Wusong Mountain

### 李 白

#### Li Bai

我宿五松下，寂寥无所欢②。

田家秋作苦③，邻女夜春寒④。

跪进雕胡饭⑤，月光明素盘⑥。

令人惭漂母⑦，三谢不能餐。

## 【注释】

① 五松山：在现在的安徽铜陵南。媪（ǎo）：老妇人。这首诗写了农家艰辛的劳动，表现了作者受到他们款待时的感激心情。

② 寂寥：寂静空虚的意思。

③ 作：劳动。

④ 春（chōng）：春米。

⑤ 雕胡：即菰米，茭白的果实。

⑥ 明：照亮。素：白色。

⑦ 漂母：洗衣老妇。西汉韩信小时候家里很穷困，在淮阴城下钓鱼，一个漂母看见他饿着肚子，便给他饭吃。后来韩信帮刘邦平定了天下，被封为楚王。于是他找到这位漂母，赠她千金。这里借漂母指荀媪，感激她的盛情款待。

## 【汉译】

我借宿在五松山下一农家，
整日里寂寞孤独没有什么快乐。
农家的秋收劳苦又艰辛，
邻家妇女寒夜里还在舂米。
农妇恭敬地为我送上雕胡饭，
明亮的月光映照着那无花的粗盘。
洗衣老妇的盛情款待使我惭愧，
再三道谢感动得我难以下咽。

## 【Translation】

I stayed in a farmhouse at the foot of Wusong Mountain.
There is no happiness in being lonely all day.
The autumn harvest is hard and arduous for the peasants.
The woman next door is still pounding rice in the cold night.
The peasant woman respectfully presented me with wild rice.
The bright moonlight reflected on the flowerless plate.
The old washer woman's hospitality made me ashamed.
Though with repeated thanks，I still felt it hard to swallow.

## 【内容提示】

李白是浪漫主义诗人的杰出代表，但由于他亲身经历了安史之乱，与人民一同经历战火硝烟，所以他也写了不少现实主义的作品。本诗便是其中的代表作。漂泊漫游，夜宿农家，亲眼看到了农民艰辛的劳作和穷困的生活，他无限感慨，所以在受到农妇款待之时，感激、同情、愤懑之情充溢了诗的字里行间，使读者与之共鸣，同时也把读者带入了当时底层人民的生活，更加深了对当时社会的了解。

# 独坐敬亭山①

## Sitting Alone in Mount Jingting

### 李 白

### Li Bai

众鸟高飞尽②，
孤云独去闲③。
相看两不厌，
只有敬亭山。

## 【注释】

① 敬亭山：又名昭亭山。在今安徽宣城北。
② 飞尽：飞光了。
③ 独去闲：独自悠闲地飘去。

## 【汉译】

成群的鸟都飞向高空渐渐地消失了，
剩下一片孤云也悠闲自得地越飘越远。
相对无言，谁也不觉得厌倦，
只有我和你啊敬亭山。

## 【Translation】

Flocks of birds flew high into the sky and gradually disappeared，
The only remaining lonely cloud drifted away leisurely and
contentedly.
Facing each other silently no one feels tired，
It's just you and me，Mount Jingting.

## 【内容提示】

此诗是李白离开长安，漂泊十年时在宣城敬亭山所作，表达了
他在对现实不满、怀才不遇境况中的孤寂心情。头两句以鸟飞尽和
孤云衬托了作者孤寂无聊的情怀。后两句则以拟人的手法写自己与
空山相依为伴的情景，非常形象地烘托出遭到世间冷遇、投身自然
的凄凉苦寂的心境。全诗以情与景的高度交融构制出一个寂静的境
界，写出了"独坐"的情趣。

# 夜宿山寺①

## Spending the Night at the Summit Temple

### 李 白
### Li Bai

危楼高百尺②，
手可摘星辰。
不敢高声语，
恐惊天上人。

## 【注释】

① 山寺：位于蔡山，在今湖北省黄梅县。
② 危楼：高楼，这里指山顶的寺庙。

---

## 【汉译】

巍峨的庙宇楼台有百尺高，
仿佛伸手就可以摘到星辰。
我不敢放开嗓子大声言语，
唯恐惊动了天宫里的仙人。

## 【Translation】

The lofty tower is one hundred feet high，

One can reach out to pluck a star.

But we talk in subdued voices,

For fear of waking the celestial beings.

## 【内容提示】

本诗以浪漫主义的幻想写出了一个高远神秘的艺术境界，通篇以"危楼"之高表现山势的峭拔险峻。"手可摘星辰"一句似乎写尽了"百尺"危楼所在的山之高，几无再造之功。然而李白毕竟不同凡响，又以"不敢高声语，恐惊天上人"二句既进一步突现了山之高，又制造出一种神秘、静幽的艺术氛围，令人叹为观止。

# 春夜洛城闻笛①

## Hearing a Bamboo Flute on a Spring Night in Luocheng

### 李　白
### Li Bai

谁家玉笛暗飞声，

散入春风满洛城。

此夜曲中闻折柳，

何人不起故园情！

## 【注释】

① 洛城：今河南洛阳，在唐代是个繁华的都城。

## 【汉译】

不知是从谁家飞出的竹笛声，

随着春风飘散在整个洛城。

这样的夜晚听着凄清婉转的《折杨柳》曲，

有谁能不激起思乡之情呢？

## 【Translation】

It was unknown where the music by a flute came from，

It drifted with the spring breeze in the whole city of Luocheng.

On such a night，I listened to the sad and moving "Breaking Willows"，

Who could withstand my homesickness?

## 【内容提示】

在一个万籁俱静的夜晚，随着微拂的春风传来一曲凄清婉转的笛声。笛子吹奏的是《折杨柳》曲，述说着离乡的忧愁。在这样的春夜，听着这样的曲子，不禁激荡起人们那蕴藏在心底的思乡之情。诗写的是春夜闻笛，然而却充分表达了诗人对故乡的无限思念、热爱的深厚感情。

# 次北固山下①

## Passing by the Beigu Mountain

### 王 湾
### Wang Wan

客路青山外②，行舟绿水前。
潮平两岸阔③，风正一帆悬④。
海日生残夜⑤，江春入旧年。
乡书何处达⑥，归雁洛阳边。

## 【作者简介】

王湾（生卒年不详），洛阳（今河南洛阳）人。盛唐诗人。

## 【注释】

① 次：住宿，这里是停泊的意思。北固山：在今江苏镇江北，三面临江。

② 客路：旅途。

③ 潮平：潮水涨平了岸。

④ 风正：顺风。

⑤ 残夜：天快亮的时候。

⑥ 乡书：家信。

## 【汉译】

旅行在青山外的路上，
泛舟在碧绿色的水面。
潮水涨平显得两岸宽阔，
和顺的风中悬起一片白帆。
海上红日从残夜中升起，
江上春天流入将逝的残年。
写封家书送到哪里去呢?
托北归的大雁传信到洛阳那边。

## 【Translation】

I travel on the road beyond the green hills，

And boat on the green water.

When the tide is high，the two banks are wide.

A white sail is hanging in the gentle wind，

The red sun on the sea rises as the day dawns.

Spring on the river flows into the outgoing year.

Write a letter home and send it to where?

Send a message to Luoyang through the wild geese flying to the north.

## 【内容提示】

这首诗描绘了一幅寓含乡愁的早春行江图。一、二句写客路青山的行舟；三、四句则写旅途的顺畅和愉快的心情；五、六句为千古佳联，江面上冉冉升起的一轮红日驱走了残夜的黑暗与清冷，绿水清江上的春意闯入了"旧年"的残冬，给人以生机和温暖；结尾两句则以"鸿雁传书"之典故抒发了舟中的游子对洛阳亲人的思念之情。

# 黄　鹤　楼①

## Yellow Crane Tower

### 崔　颢

### Cui Hao

昔人已乘黄鹤去②，此地空余黄鹤楼。

黄鹤一去不复返，白云千载空悠悠③。

晴川历历汉阳树④，芳草萋萋鹦鹉洲⑤。

日暮乡关何处是⑥？烟波江上使人愁。

## 【作者简介】

崔颢（704—754 年），盛唐诗人。

## 【注释】

① 黄鹤楼：旧址在今湖北武昌蛇山。传说三国时费祎登此楼乘黄鹤成仙而去。诗人来这里凭吊，写下了这首诗。

② 昔人：指费祎，字文伟，担任过蜀汉大将军。

③ 悠悠：浮荡的样子。

④ 历历：分明的样子。汉阳：在武昌西北，与黄鹤楼隔江相望。

⑤ 萋萋：茂密的样子。鹦鹉洲：武昌北面，长江中的沙洲。

⑥ 乡关：故乡。

## 【汉译】

从前的仙人早已乘黄鹤飞走了，

这里只剩下空空荡荡的黄鹤楼。

黄鹤这一去就再也没有回来，

只有白云千百年来空寂地飘来荡去。

阳光下汉阳的树木历历在目，

那芳草繁茂的地方就是鹦鹉洲。

眼看夕阳西下，家乡你在哪里呢？

面对浩浩江水，忧愁涌上心头。

## 【Translation】

The immortal of the past has already flown away on a yellow crane，

Only the empty Yellow Crane Tower is left here.

The yellow crane has never come back，

Only the white clouds have been floating around for thousands of years.

The trees in Hanyang are vivid in the sunshine，

The place where the grass is lush is Parrot Island.

As the sun sets，where is my hometown?

In the face of the vast expanse of river water，sorrow wells up in my heart.

## 【内容提示】

唐人登黄鹤楼的诗作不少，此诗是其中杰出的代表，就连诗仙李白都叹服地说"眼前有景道不得，崔颢题诗在上头"。作品头四句写黄鹤楼名的由来，面对眼前鹤去楼空、云水悠悠的情景，诗人深觉世事茫然，流年似水，无限感慨涌上心头。后四句则是写楼中所见所感，晴川历历、芳草萋萋的美景虽然令人神往，但是又不禁惹出思乡之情。

# 长干行① （之一）

## A Boatwoman's Song（Ⅰ）

崔　颢

**Cui Hao**

君家何处住②，
妾住在横塘③。
停舟暂借问，
或恐是同乡。

## 【注释】

① 这是一首以男女对答形式写的诗。

② 君：古时对男子的敬称。这是一首以女子问话口吻写的诗。

③ 妾：古时女子自称的谦辞。横塘：地名，在今江苏南京西南。

## 【汉译】

您家住在哪儿？
我家住在横塘。
停下船借问一下，
说不定我们还是同乡。

【Translation】

Where do you live?

I live in Hengtang.

Stop the boat and ask，

Maybe we're from the same hometown.

# 长干行（之二）
## A Boatwoman's Song（Ⅱ）

崔　颢

Cui Hao

家临九江水<sup>①</sup>，
来去九江侧。
同是长干人，
生小不相识。

**【注释】**

① 九江：泛指长江中下游一段。

**【汉译】**

我家住在九江边，
往来都在九江畔。
咱们同是长干人，
可惜孩时不认识。

**【Translation】**

I live near Jiujiang.

We all come and go along the Jiujiang River.

We are both Changgan people.

Unfortunately，we didn't know each other when we were children.

## 【内容提示】

崔颢的两首《长干行》是以对答的形式描写两位萍水相逢的男女一个戏剧性的场面。语言朴素，妙趣横生，富有浓烈的民间情歌风格。

第一首是写女子船行江中，于孤寂之时偶见邻船一男子，便直言"停舟暂借问，或恐是同乡"，表现了她娇憨天真而又孤寂多情的神韵。诗人以白描手法和质朴的语言蕴藉了幽远绵密的情怀，同时也以对话语言显现了人物的音容笑貌和鲜明的性格特征。

第二首则是写"君"的答词，果然不出姑娘的意料，眼前这位男子不仅是同乡，且住得很近。"生小不相识"一句写出无限风情，大有相见恨晚之感慨。于叹惋、欣喜之中发挥出巨大的艺术感染力。

这一问一答不仅语言健康无邪，而且形象亦十分朴素无华，表达了人与人之间美好的感情。

# 凉 州 词

## Poem of Liangzhou

## 王 翰

### Wang Han

葡萄美酒夜光杯①，
欲饮琵琶马上催。
醉卧沙场君莫笑②，
古来征战几人回。

## 【作者简介】

王翰（生卒年不详），字子羽，盛唐诗人。

## 【注释】

① 夜光杯：用白玉制成的酒杯。
② 沙场：战场。

## 【汉译】

葡萄美酒，倒满精美的夜光杯，
正要畅饮，出征的琵琶已在催行。
别笑话我喝醉杀敌战死在沙场上，

自古征战的士兵能有几人活着回归!

## 【Translation】

Grape wine was poured into a delicate luminous glass.

Just as I was about to drink，the lute of the expedition was urging me to go.

Don't laugh at me if I fall in action on the battlefield.

How many soldiers who had fought since ancient times could return alive!

## 【内容提示】

这是一首著名的边塞诗。征战于边境沙场的将士们虽然在艰苦环境中出生入死，但那豪壮的胸怀十分令人感动。难得聚会痛饮，且是"葡萄美酒夜光杯"，多么令人神往和陶醉。举杯欲饮，又响起苍凉悲壮的琵琶声，此情此景，更助豪饮之兴。不由得产生"一醉方休"的念头，即使是醉卧战场亦无怨无悔，更不必怕人笑话，壮士为了国家的安全，抱定义无反顾的死战的决心："古来征战几人回。"全诗表现了豪迈、壮烈和奋发的壮士情怀。

# 山中留客

## To a Guest in the Hills

### 张　旭

### Zhang Xu

山光物态弄春晖①，
莫为轻阴便拟归②。
纵使晴明无雨色，
入云深处亦沾衣③。

## 【作者简介】

张旭（生卒年不详），字伯高，吴（今江苏苏州）人。除擅长写七言绝句诗以外，他还是唐代著名的书法家。

## 【注释】

① 山光：山色。物态：生物的姿态。弄春晖：随着春天的阳光而不断变化。

② 拟归：打算回家的意思。

③ 亦：也。

## 【汉译】

春晖里的山光树影变幻莫测，

不要因为天色微阴便打算回家。

即便是天气晴朗没有雨，

高山深处的云雾也会弄湿你的衣裳。

## 【Translation】

The mountains and trees in the spring sunshine are changing all
the time，

Don't plan to go home just because it's slightly cloudy.

Even if the weather is fine and there is no rain，

Clouds and mists in the depths of the mountains will wet your
clothes.

## 【内容提示】

这首绝句写的是诗人在山中留客游春的情景。冬去春来，满目
生机，作者仅以"山光物态弄春晖"便将美好春光渲染出来了，这
是留客的基础，既如此，那么客人也就"莫为轻阴便拟归"了。最
后两句则用林中浓雾的特有景色吸引客人留下并强化客人游春的兴
致，语言虽简单浅显却意味深长，感情充沛而耐人寻味。

# 别董大① （其一）
## Farewell to Dong Da（Ⅰ）

### 高　适
### Gao Shi

千里黄云白日曛②，
北风吹雁雪纷纷。
莫愁前路无知己③，
天下谁人不识君。

## 【作者简介】

高适（约 700—765 年），字达夫，渤海蓨（今河北景县）人。盛唐边塞诗人。

## 【注释】

① 董大：指当时著名弹琴高手董庭兰。

② 曛：黄昏。

③ 知己：知心人。

## 【汉译】

千里阴云笼罩了太阳，天空变得昏暗了，

北风卷着纷飞的雪花吹送着南去的大雁。

不要担心前行的路上遇不到知音，

您名满天下有谁还不认识您呢。

## 【Translation】

A thousand miles of clouds cover the sun，and the sky becomes dark，

The north wind is blowing the wild geese on their way to the south with the snowflakes.

Don't worry about not meeting a bosom friend on the way ahead，

You are known everywhere as you are famous all over the world.

## 【内容提示】

这是盛唐边塞诗名家高适的佳作。在一个北风紧、雪纷飞的黄昏，作者送别挚友，心情沉重，但并未因此陷于凄切缠绵的离情别绪中而不能自拔。相反，他以"莫愁前路无知己，天下谁人不识君"的勉励、宽慰之词表现出豪放、健康、积极向上的精神，给人以力量。这两句为千古传诵的佳句。

# 钓　鱼　湾

## The Fishing Bay

储光羲

Chu Guangxi

垂钓绿湾春①，春深杏花乱②。

潭清疑水浅，荷动知鱼散③。

日暮待情人④，维舟绿杨岸⑤。

## 【作者简介】

储光羲（约707—约763年），兖州（今山东兖州）人。盛唐山水田园诗人。

## 【注释】

① 垂钓：垂竿钓鱼。

② 杏花乱：指杏花纷纷飘落。

③ 散：分散，纷乱，此处指游动。

④ 情人：泛指知心人。

⑤ 维舟：用缆系船。

## 【汉译】

春天垂钓在绿色的江湾，

杏花缤纷更把春意增添。

清澈的潭水让人觉得水浅，

荷叶晃动才知道受惊的鱼儿四处游散。

日落黄昏我等待着友人的到来，

划动船把它系在绿杨树的岸边。

## 【Translation】

Fishing in the green river bay in spring，

Colorful apricot blossoms add to the spring in the air.

The clear water creates the impression that the pool is shallow.

Only when the lotus leaves sway do they know that the frightened fish are swimming around.

At sunset I wait for the arrival of my friends，

By rowing the boat and tying it to the green poplar bank.

## 【内容提示】

盛唐时期，社会统一安定，大量山水田园诗的风格自与前代不同。本诗写春色渔趣完全是一种恬淡安适、悠然自乐的氛围。"潭清疑水浅，荷动知鱼散"二句色彩鲜明、动静结合、气韵充沛，可谓"诗中有画，画中有诗"的佳句。结尾两句更以系舟待友的描写，增加了春色中浓厚的人情味。

# 早 梅

## To the Early Mume Blossoms

### 张 谓

### Zhang Wei

一树寒梅白玉条，

迥临村路傍谿桥①。

不知近水花先发，

疑是经冬雪未销②。

## 【作者简介】

张谓（？—约778年），字正言，河内（今河南沁阳）人。盛唐诗人。

## 【注释】

① 迥（jiǒng）：远。傍（bàng）：临近。谿：同"溪"。

② 疑：怀疑。销：同"消"。

---

## 【汉译】

寒梅盛开像条条洁白的玉链，

它远离村路临近溪水桥边。

不知道水边的梅花开放得这么早，

竟怀疑是经冬的积雪还悬挂在枝头树梢。

## 【Translation】

Winter mume blossoms are like white jade chains，

Lying far from the village road and near the bridge.

I don't know the mume blossoms near the water are blooming

so early，

And almost mistake them as the snow hanging on the branches

and treetops.

## 【内容提示】

寒梅傲雪是书画家和诗人笔下描写冰肌玉骨，表现坚强性格的传统题材，其传世之作可车载斗量。本篇的特点在表现寒梅开花之"早"。首句写"白玉条"般的梅花，用"寒"字点出它开得早，第三句以"近水"写出"先发"的原因，而二、四句的"傍谿桥""雪未销"则是写"早"的效果，自与其他的花不同，从而以寒梅隐喻了人格高尚的主题。

# 送灵澈上人①

## Seeing off Monk Lin Che

刘长卿

Liu Changqing

苍苍竹林寺②，
杳杳钟声晚③。
荷笠带夕阳④，
青山独归远⑤。

## 【作者简介】

刘长卿（？—约789年），字文房，宣城（今安徽宣城）人。中唐诗人。

## 【注释】

① 灵澈：人名，当时的一个著名的诗僧。上人：对和尚的尊称。

② 苍苍：青色的。竹林寺：寺名。

③ 杳杳：深远。钟声晚：古代寺庙晨昏鸣钟。

④ 荷：背着。笠：斗笠。

⑤ 独：独自。

## 【汉译】

竹林里的庙宇呈青绿色，
暮色里的钟声悠长深远。
头戴斗笠，身披夕阳，
独自归去的身影在绿色山间渐行渐远。

## 【Translation】

The temple in the bamboo forest is green，
The bell in the twilight is long and deep.
Wearing a bamboo hat and walking under the setting sun，
A lone figure on his return journey is fading away in the green mountains.

## 【内容提示】

这是中唐山水诗的名篇。诗中以"钟声晚""带夕阳"自然点出送友人的时间，友人归去的目的地是"苍苍竹林寺"，而最后一句则点明送别的地点距寺院的路程。四句小诗描绘了一幅山林夕照、古刹钟声的幽远景色，从而点染出超脱、清高的僧人形象。语言精练素朴，意境深邃淡泊，分明是一幅古朴典雅的山水画。

# 逢雪宿芙蓉山主人①

## Seeking Shelter in Lotus Hill on a Snowy Night

刘长卿

Liu Changqing

日暮苍山远②，
天寒白屋贫③。
柴门闻犬吠，
风雪夜归人。

## 【注释】

① 芙蓉山：以此为名的山很多，不知道这里确切所指。

② 苍山：青色的山。

③ 白屋：茅屋，一般指平民所住的房屋。因没有彩漆，所以叫"白屋"。

## 【汉译】

太阳落了，青山变得朦胧遥远，
天气冷了，茅屋更显得简陋贫寒。
声声狗叫从柴门外面传入，
风雪夜深，有人刚刚从外边归来。

【Translation】

The sun goes down and the green hills appear hazy and distant，
The weather turns cold，and the thatched cottages are even more shabby.
Dogs bark outside the wicket gate，
It is a snowy night，and someone has just come back from the outside.

【内容提示】

这是一首写寒山旅愁的著名篇章，每句皆为一幅画，而四句之间的内在联系又十分紧密，四句诗四幅画，之中蕴含着主人公的无限深情。忍着饥饿，冒着严寒，行走在"日暮苍山"之中，当看见"白屋"之时，虽然觉得有些贫寒简陋，但终于有个歇息住宿的地方了，心里顿时安稳下来；夜深人静忽然"犬吠"之声传来，不觉警醒，原来是风雪之夜仍有归家之人。由此而引起的思乡之情、人生感叹都隐含在寒夜山中求宿的图画之中。诗人不必说出，读者自会体味。

# 诗　圣

　　杜甫，唐代伟大的现实主义诗人，一生写了近1 500首诗。他对中国古典诗歌影响非常深远，后人尊称他为"诗圣"，他的诗被称为"诗史"。他与李白并称"李杜"。唐代韩愈《调张籍》："李杜文章在，光焰万丈长。"近代鲁迅："我总觉得陶潜站得稍稍远一点，李白站得稍稍高一点，这也是时代使然。杜甫似乎不是古人，就好像今天还活在我们堆里似的。"

# 望　岳①

## Gazing on Mount Tai

### 杜　甫
### Du Fu

岱宗夫如何②？齐鲁青未了③。

造化钟神秀④，阴阳割昏晓⑤。

荡胸生曾云⑥，决眦入归鸟⑦。

会当凌绝顶⑧，一览众山小。

## 【作者简介】

杜甫（712—770 年），字子美，号少陵野老，河南巩县（今河南巩义）人。

## 【注译】

① 岳：指东岳泰山。望岳：望泰山。

② 岱宗：泰山的尊称。夫：语气词。

③ 齐鲁：齐在泰山北，鲁在泰山南，都在现在的山东省。青：山色。未了：没尽头。

④ 造化：指天地。钟：聚集。

⑤ 阴阳：山南为阳，山北为阴。

⑥ 曾：同层。

⑦ 决眦（zì）：决，裂开。眦，眼角。入归鸟：飞回山林巢中之鸟。

⑧ 会当：将要。凌：登上。

## 【汉译】

泰山到底是怎样的形象？

从齐到鲁都能望见它青苍的模样。

天地给了它无限的秀丽神奇，

高耸的山峰分割出明暗阴阳。

山中升起了令人心胸激荡的层层云雾，

睁大眼睛注视那入林的归鸟。

当你登上那险峻的顶峰眺望，

尽收眼底的群山显得那样渺小。

## 【Translation】

What is the image of Mount Tai?

From Qi to Lu，you can see its green appearance.

Heaven and earth have bestowed it with infinite beauty and magic.

The towering peaks divide light and shade into Yin and Yang.

Clouds and mists have risen from the mountains，which stir people's hearts.

Open your eyes and watch the returning bird in the forest.

When you climb to the top of the precipitous mountain and look down，

The mountains around in full view look so small.

## 【内容提示】

这是杜甫早年的著名诗作。头两句写远望泰山的情景，首句以疑问起势，表达一种惊喜之情，而"齐鲁青未了"则以所见者远望烘托泰山之高，构思别致新巧，耐人寻味。三、四句写近望泰山之所见：神奇秀丽、巍峨庞大的泰山割断了日光的普照，山之两边成一昏一晓之奇观景色，用语奇险、功底深厚。五、六句写仔细观察泰山之状态，层出不穷的云雾使人心胸为之荡漾，睁大眼睛仔细看去，可见暮色中归鸟投林之情景，写得细腻传神，生动形象。最后两句是写登临泰山的强烈愿望，"会"写登山的决心，承上而来，然后领起想象登上泰山极顶后所见的景象，于是便写出了"会当凌绝顶，一览众山小"的千古名句，其蕴含之意已远远超越登山望远的本身。

# 前出塞九首（其六）
## Song of the Frontier（Ⅵ）

### 杜　甫
#### Du Fu

挽弓当挽强，用箭当用长<sup>①</sup>。

射人先射马，擒贼先擒王<sup>②</sup>。

杀人亦有限，列国自有疆<sup>③</sup>。

苟能制侵陵，岂在多杀伤<sup>④</sup>！

## 【注释】

①"挽弓"二句：是说强弓和长箭发射威力大，易于制胜。

②"射人"二句：是说射死了马，敌骑兵就失去了战斗力；抓住了敌首，敌兵也就溃散了。

③"杀人"二句：是说作战的目的不应是多杀伤敌兵，更重要的是保卫疆土。含有应重在守边、反对开疆拓土的意思。

④ 苟：假使，如果。

## 【汉译】

拉弓要选择强弓去拉，

用箭应当挑长箭去射。

射人要先射人骑的马，

擒贼首先要擒拿贼王。

作战不在于杀戮多少，
目的是为了守卫边疆。
如果能制止侵略骚扰，
就不必造成过多伤亡。

## 【Translation】

To draw a bow，you should choose a strong bow to draw，
To shoot an arrow，you should choose a long arrow.
To shoot a horse man，you should shoot his horse，
To catch thieves，you should catch the head of them.
Fighting is not about too much killing，
Since the purpose is to defend the frontier.
If aggression and harassment can be stopped，
You don't have to cause too many casualties.

## 【内容提示】

《前出塞九首》写的是天宝末年哥舒翰征战吐蕃的事，意在讽刺唐玄宗的开边黩武。这首诗采取先扬后抑的手法，先借用当时在军中流行的作战歌诀，大讲如何练兵，如何用武，如何克敌制胜，之后道出全诗主旨：不论是射马还是擒王，其最终目的都应是制止外来侵略，而不应乱动干戈，侵犯异邦。诗人的这一思想反映了国家保卫疆土的策略，同时也反映了人民的愿望。

# 贫　交　行

## Friendship in Poverty

## 杜　甫

### Du Fu

翻手为云覆手雨①，

纷纷轻薄何须数。

君不见管鲍贫时交②，

此道今人弃如土。

## 【注释】

①"翻手"句：是说那些势利小人的交情不可靠，在你得意之时他们像云一样聚拢来，失意时像雨一样纷纷散落，离你而去。翻手覆手之间，忽云忽雨，变化无常。

②管鲍：管，指管仲；鲍，指鲍叔牙。据《史记》记载，鲍叔牙深知管仲有德有才。管仲贫困，曾欺骗过鲍叔牙，而鲍叔牙始终对他很好。后来鲍叔牙为齐公子小白（后来的齐桓公）做事时，又举荐管仲。管仲于是辅佐齐桓公完成了霸业，管仲感叹地说："生我者父母，知我者鲍叔也。"诗人提到的就是管鲍的这段为人赞美的交谊。

## 【汉译】

得意时如云之聚来，失意时如雨之纷落，

那种种轻薄的交情何必要一一述说。

你不知道管仲与鲍叔牙在贫困时结下的深厚友情吗？

古人的美德已被今人像土块一样抛落。

## 【Translation】

When you are in prosperity，they gather around you like clouds，and when you are frustrated，they fall down like rain.

There is no need to enumerate all kinds of short-lived friendships.

Don't you know the deep friendship between Guan Zhong and Bao Shuya when they were poor?

The virtues of the ancients have been thrown away like clods of earth.

## 【内容提示】

诗人饱尝世态炎凉、人情反复的滋味，因愤怒而写成这首诗。诗的开始便一语道出势利之交的可畏，之后将古今加以对比，赞扬古人珍视友情、贫富不移的美德，抨击了"今人"轻视友谊，将古人的美德像土块般抛弃的丑恶。鲜明地表达了诗人的爱憎，抒发了诗人心中的愤懑和悲哀。

# 春　望

## Spring View

### 杜　甫

#### Du Fu

国破山河在，城春草木深。

感时花溅泪<sup>①</sup>，恨别鸟惊心。

烽火连三月<sup>②</sup>，家书抵万金<sup>③</sup>。

白头搔更短，浑欲不胜簪<sup>④</sup>。

## 【注释】

①"感时"二句：因为感伤时事，见到美丽的花儿，眼里也不禁迸溅出泪水；因怨恨国破动荡，与家人被迫分离，听到鸟儿悦耳的叫声，也不禁暗自心惊。

② 烽火：指战争。连三月：形容延续了很长时间。

③ 抵：值。

④"白头"二句：白头发越搔越少，简直连簪子也要插不住了。浑欲：简直要。不胜：受不住。簪（zān）：别住头发的条状物。

## 【汉译】

国家残破而山河依然存在，

都城的春天竟是荒草丛生。

忧国思乡，看到繁花盛开不禁落泪，

恨与亲人分别，听到鸟叫都会心惊。

战争的烽火长久不息，

一封家信真是价值千金。

思念使得头上的白发越梳越短，

插不住的簪子显得格外沉。

## 【Translation】

The country is falling apart but the mountains and rivers still exist.

Spring in the capital is overgrown with weeds.

Worrying about the country and being homesick，I couldn't help crying when I saw the flowers blooming.

Because of hating being separated from my relatives，I will be shocked to hear bird's chirping.

The flames of war have lasted for a long time.

A letter from home is really valuable.

Homesickness makes the white hair on the head so short.

That the hairpin can't be inserted and is particularly heavy.

## 【内容提示】

杜甫亲身经历安史之乱，并为叛军所俘，当重回首都长安，早已物是人非，诗人无限慨叹，便写下了这首《春望》。头两句直写眼前景物：山河虽在，生机盎然的故都春色却是人烟荒芜。三、四句是触景生情：眼望春花却流出离乱之泪，久别的苦情使人听到鸟儿叫也心惊，其伤心苦痛之状溢于字里行间。五、六句则以家书久绝的夸张描写表现离乱中的思亲之情，写出"家书抵万金"的名句。最后两句是由上面的一切所引出的作者内心的苦痛，搔首捶胸，白发脱落，国破家亡，痛不欲生，其状令人垂泪。全诗表达了作者反对战乱，热爱生活，思念亲人的心境，这也是当时人民共同的情感。

# 日　暮
## The Dusk

## 杜　甫
### Du Fu

牛羊下来久，各已闭柴门。

风月自清夜，江山非故园<sup>①</sup>。

石泉流暗壁<sup>②</sup>，草露滴秋根<sup>③</sup>。

头白灯明里，何须花烬繁<sup>④</sup>。

## 【注释】

① 故园：故乡。

② 石泉流暗壁：即"暗泉流石壁"。

③ 草露滴秋根：即"秋露滴草根"。

④ 花烬繁：灯烬结花斑斓繁茂。古人把它看作是一种喜兆，但诗人
这时觉得济世不成，归乡又无期，所以嗔怪灯花报喜。

---

## 【汉译】

群群牛羊早已从田野归来，

家家户户各自关上了柴门。

风清月朗自是一个迷人的夜晚，

可这优美的山川不是自己的家园。

幽深的泉水从石壁上潺潺流过，

夜的露珠凝聚在秋草的根上。

花白的头发与明亮的灯光辉映，

油灯你迸溅着斑斓的火花报哪门子喜讯？

## 【Translation】

It's been a while since the herds came back from the fields,

And every home's wooden door is now closed.

The moonlit night is charming and the wind is clear,

Nevertheless my hometown is not here.

The spring flows along the cliff in a vivid rhythm,

And the roots of the grass accumulate dews of autumn.

The candle illuminates my white hair,

And the sparkling flame seems to have some good news to declare.

## 【内容提示】

这是大历二年（767）秋天，杜甫辞官后客居夔（kuí）州期间写的一首诗。这首诗通过对怡人的晚风、皎洁的明月、幽静美好的山村景色的描写，委婉地表达了诗人怀念故乡的深情。江山虽美，却不是自己的故乡，一种无可奈何的心情和浓重的思乡愁绪隐含在字里行间，那美好的月夜也变得凄清。济世无望，归乡无期，他乡的美好河山，更激起诗人的苦闷愁思；就是那预报喜兆的灯花也只能使人痛苦地叹息。诗写得委婉忧伤，耐人寻味。

# 石　壕　吏①

## The Officer in the Shihao Village

### 杜　甫

#### Du Fu

暮投石壕村②，有吏夜捉人。

老翁逾墙走③，老妇出门看。

吏呼一何怒④，妇啼一何苦⑤！

听妇前致词："三男邺城戍⑥。

一男附书至⑦，二男新战死。

存者且偷生，死者长已矣⑧！

室中更无人，惟有乳下孙。

有孙母未去，出入无完裙。

老妪力虽衰⑨，请从吏夜归。

急应河阳役⑩，犹得备晨炊⑪。"

夜久语声绝，如闻泣幽咽⑫。

天明登前途，独与老翁别。

## 【注释】

① 石壕：石壕村，在现在的河南陕县东。吏：官吏。

② 投：投宿。

③ 逾：跨越。

④ 呼：叫喊。一何：多么。怒：形容凶狠。

177

⑤ 啼：哭泣。

⑥ 邺城：现在的河南安阳。戍：守卫。这句是说三个儿子都到邺城作战去了。

⑦ 附书：带信。

⑧ 长已矣：永远完了。

⑨ 老妪（yù）：老妇人。说话人自称。

⑩ "急应"句：赶紧去河阳的兵营服役。河阳：现在的河南孟州。

⑪ 犹得：还能够。备：准备。晨炊：早饭。

⑫ 泣：哭。幽咽：这里形容哭声。

## 【汉译】

黄昏时我投宿在石壕村，

夜晚听到有官吏来捉人。

老翁急忙跨过墙逃走了，

老妇人赶紧出去看守屋门。

官吏的叫喊声多么凶狠，

老妇人的哭声多么伤心。

只听那老妇人上前述说：

"三个儿子都到邺城去参军。

一个儿子托人带回了信，

信上说那两个儿子最近已经战死了。

活着的人姑且偷着活着，

死了的人永远终结了生命！

家中再也没有其他的人了，

只有还在吃奶的小孙孙。

因此他的母亲还没有离家而去，

进出家门她也没有一条完整的衣裙。

178

老妇人我虽然没有力气，

请让我连夜跟你去军中。

赶紧到河阳战地去服役，

还能替军队把早饭准备。"

夜深人静说话的声音没了，

隐隐地却能听到有人在低声悲泣。

天亮了我要上路出发时，

只能和老翁一个人作别离去。

## 【Translation】

I arrived in Shihao Village that evening，

And at night an officer was recruiting.

The old man crossed the wall and fled，

While his wife walked towards the door ahead.

How fierce was the officer's snarl，

And how the old woman wept in sorrow!

She walked towards him and said：

"Yecheng is where my three enlisted boys' sweats are shed.

One of the boys recently wrote back and said，

That my other sons have been dead.

This moment is still valid for the survivors，

But the dead are gone forever!

Not a single man in my house is left to me，

Only my grandson who's still a sucking baby.

His mother stays as her son is still a nursling，

And she has not a single and complete set of clothes.

I am but an old and weak woman，

But I am willing to go with you tonight.

Go to the battlefield in Heyang in a hurry，

And prepare breakfast for the army."

Their voices faded as the night got deep，

And I thought I heard a fitful weep.

When I left the village at daylight，

To that old man alone I said good-bye.

---

## 【内容提示】

　　这是杜甫现实主义诗歌的代表作之一。诗中所写的抓兵情景皆为诗人亲眼所见，真实亲切，生动感人，反映了安史之乱给人民造成的痛苦，表达了作者对人民的同情。诗人起笔便开门见山写出"有吏夜捉人"的情景，接着便在吏怒呼与妇啼苦的对比之中着重写老妇人的悲惨遭遇，祖孙三代妻离子散，家破人亡，生存艰难，然而老妇顾不得满心的痛苦，为保老翁、乳下孙，老妇人主动要求亲赴前线，为平叛出力。这一形象表达了人民的爱国情操和自我牺牲精神。结尾处写诗人与老翁告别的情景充满了感慨和愤懑之情。

　　这分明是一个完整的故事，但诗人却以极简练的笔法将它浓缩在一首短诗之中，通篇叙事，几无一字抒情，但作者的浓情深意和鲜明倾向却于叙事文字中得到了充分的表达，从而真实而又深刻地反映了社会的矛盾和百姓的生活现状，显示了杜甫那以微现著、融情于事的大手笔和深厚的艺术功力。

# 月夜忆舍弟①

## Missing My Brothers in a Moonlit Night

杜　甫

**Du Fu**

戍鼓断人行②，边秋一雁声③。

露从今夜白，月是故乡明。

有弟皆分散④，无家问死生。

寄书长不达⑤，况乃未休兵⑥。

## 【注释】

① 舍弟：即家弟。

② 戍鼓：是指戍楼上的更鼓。城楼上有兵守夜，定时击鼓。

③ 边秋：边境的秋天。雁声：古人称兄弟为"雁行"。这里语意双关，雁鸣更引起诗人对弟兄们的思念。

④ 皆：都。

⑤ 长：同"常"。

⑥ 未休兵：没有撤兵停战。

## 【汉译】

戍楼上更鼓响过，截断了行人，

秋天的边境传来一声声雁鸣。

露水从今夜变成了白色，

月亮还是故乡的最明亮。

兄弟们都各自分散了，

没了家再无处打听他们的死生。

平时寄去的书信常常接不到，

况且这年月还没有停战休兵。

## 【Translation】

The flow of pedestrians is stopped by the garrison's drum，

While a goose honks at frontier's autumn.

Tonight is the beginning of the White Dew，

But to me the moon in my hometown has a higher value.

I have brothers but we are separated in the war，

With no dear ones left in my hometown I have no idea how they are.

The letters often fail to be delivered，

And the warfare is not yet over.

## 【内容提示】

这是首思亲怀友的诗。在一个凄凉的边塞秋夜，路上不见行人，只能听见戍鼓和雁叫声，浓重的悲凉气氛笼罩着整个夜空。抬头望月更勾起了诗人思乡之情，想到战事仍在，兄弟们四处流散，音信不通，内心充满了忧虑、焦急，以及生死离别的不安。这首诗既抒发了诗人对亲人的怀念之情，也道出了安史之乱让人民饱经忧患的普遍遭遇，国难、家愁一起流注于笔端。由于诗人匠心独运，使得这首诗不落俗套，充分显示了大家本色。

# 蜀　相①

## Zhuge Liang

### 杜　甫

#### Du Fu

丞相祠堂何处寻②？锦官城外柏森森③。

映阶碧草自春色，隔叶黄鹂空好音④。

三顾频烦天下计⑤，两朝开济老臣心⑥。

出师未捷身先死⑦，长使英雄泪满襟！

## 【注释】

① 蜀相：指诸葛亮。

② 丞相祠：指诸葛亮庙。它是晋时李雄在成都称王时所建。

③ 锦官城：成都的别称。森森：茂盛的样子。

④ 黄鹂（lí）：黄莺。空：白白。

⑤ 频烦：屡次，一再、劳烦的意思。

⑥ 两朝：指蜀先主刘备和后主刘禅。开济：开，辅导；济，救济。
开济，这里是指诸葛亮对刘备、刘禅两朝有辅佐、救济的功劳。

⑦ 捷：胜利。

## 【汉译】

诸葛丞相的祠堂到哪里去寻找？

就在成都城外繁茂的柏树林中。

掩映石阶的碧绿野草空自形成一片春色，

黄鹂在树叶深处白白唱着美妙的歌。

当年先主三顾茅庐寻问统一天下的计策，

诸葛亮便辅佐刘氏两朝开创大业竭尽忠心。

可叹南北征战未获全胜便身死疆场，

多年来无数英雄为此感怀热泪洒满衣襟！

## 【Translation】

Where is Zhuge Liang's memorial temple?

Outside the wall of Chengdu the lush green cypresses are gleeful.

The fresh grass that covers the steps are thriving in the spring，

But to no avail，in the depth of leaves the orioles are singing.

Three times did Liu Bei ask for his guidance，

Liu Bei founded a kingdom and passed it to his son with his assistance.

But he died in the army before the possible success，

Which made countless heroes shed tears in distress!

## 【内容提示】

这首诗是作者在上元元年（760）春游成都诸葛武侯祠时所作。诗的前半由远而近写祠的景色，那满院萋萋碧草，衬托了诗人游祠时难言的寂寞之情，黄鹂的声声鸣叫越发显示出环境的荒凉。诗的后半写对诸葛武侯这个著名的政治家、军事家的崇仰、钦慕及深深的同情。"出师未捷身先死，长使英雄泪满襟！"诸葛武侯的为人、才智，以及他那为国为民鞠躬尽瘁死而后已的精神，不仅使面对着古祠荒庭的诗人老泪纵横，也感动了历代众多英雄人物感怀流泪。

# 客　至
## The Arrival of a Guest

### 杜　甫
### Du Fu

舍南舍北皆春水，但见群鸥日日来。

花径不曾缘客扫①，蓬门今始为君开。

盘飧市远无兼味②，樽酒家贫只旧醅③。

肯与邻翁相对饮，隔篱呼取尽馀杯。

## 【注释】

① 缘：因为。

② 飧（sūn）：饭食，熟食。市远：离市集较远。无兼味：指菜肴不丰富。

③ 樽（zūn）：酒器。醅（pēi）：没经过过滤的酒，这里指家酿的陈酒。

---

## 【汉译】

居舍南北都是荡漾的春水，

每天只见群群鸥鸟飞到这里来。

花草掩映的小路不曾为客来而打扫，

紧闭的柴门今天才为你打开。

远离集市没有备下更多的菜肴，

185

家境贫寒只好用自酿的陈酒为你斟满酒杯。

如果你愿意同邻居的老翁共同对饮，

隔着篱笆叫他过来，我们把这剩下的酒全喝干。

## 【Translation】

River water hugs my cottage on both the north and south sides，

As the river is rising in the spring，and I only expect a daily visit by flocks of water birds.

Without any guest I've never swept the grassy lane，

But for you I will now unlock my wooden door's chain.

Living far from the market I have but a few dishes to serve，

Because of poverty I have only old wine which I kept in reserve.

But if you are willing to drink with that old man in the neighborhood，

You may call him across the fence，and drink up the remaining wine.

## 【内容提示】

这是首叙事诗。在江村过着隐逸生活的诗人，每天只见鸥鸟，而不见其他来访者，未免寂寞。朋友忽然来访，使他喜出望外，于是他竭尽诚意地盛情招待。全诗表现了诗人真诚挚朴的性格，以及诗人和朋友之间真诚相待的深厚友情。字里行间洋溢着浓郁的生活气息，饱含着人情味。

# 春夜喜雨
## Delightful Rain Comes on a Spring Night

### 杜　甫
**Du Fu**

好雨知时节，当春乃发生<sup>①</sup>。
随风潜入夜<sup>②</sup>，润物细无声<sup>③</sup>。
野径云俱黑<sup>④</sup>，江船火独明。
晓看红湿处，花重锦官城<sup>⑤</sup>。

**【注释】**

① 发生：指下雨，落雨。
② 潜：悄悄地。
③ 润物：指滋润土地草木。
④ 野径：田野的道路。俱：都，全。
⑤ 花重：花因饱含雨水而显得沉重。

**【汉译】**

好雨就像知道节气，
正当春天降临为使万物萌生。
随着风儿悄悄地来到夜里，
细细无声地来把万物滋润。
黑茫茫的荒野小路乌云密布，

只有江上的渔船灯火发出点点光明。

早晨去看那雨水淋湿的红花，

艳丽沉甸遍布这锦官城中。

## 【Translation】

A good rain comes at a right time，

It comes at thriving springtime.

With the wind the rain comes at night，

And nurtures everything with its might.

Above the small path dark clouds hang，

Alone on the river there's a single fishing light.

When I check the view of Chengdu at dawn，

The moistened flowers are blooming.

## 【内容提示】

这首诗是杜甫在成都时所作。它描绘的是春夜的雨景，表现了诗人的喜悦心情。诗中的春雨，不是那种夹带着雪花的冷冷的春雨，也不是那种伴着狂风的春雨，而是随着微风轻轻细细地飘洒，悄悄地滋润着万物的及时雨，因而诗人满心欢喜，赞之为"好雨"。"随风潜入夜，润物细无声"两句写出了春雨只为润物，不为人知的特点，同时这也正是一种人格的写照。这是一首写春雨的佳作。

# 茅屋为秋风所破歌①

## To My Thatched Cottage Damaged by the Autumn Wind

### 杜 甫

### Du Fu

八月秋高风怒号②，卷我屋上三重茅③。

茅飞渡江洒江郊，高者挂罥长林梢④，

下者飘转沉塘坳⑤。南村群童欺我老无力，

忍能对面为盗贼，公然抱茅入竹去，

唇焦口燥呼不得⑥。归来倚杖自叹息⑦。

俄顷风定云墨色⑧，秋天漠漠向昏黑⑨。

布衾多年冷似铁⑩，娇儿恶卧踏里裂⑪。

床头屋漏无干处，雨脚如麻未断绝⑫。

自经丧乱少睡眠⑬，长夜沾湿何由彻⑭？

安得广厦千万间⑮，大庇天下寒士俱欢颜⑯，

风雨不动安如山。呜呼⑰！

何时眼前突兀见此屋⑱，吾庐独破受冻死亦足⑲。

## 【注释】

① 为（wéi）秋风所破：被秋风所吹破。这首诗写于诗人定居成都后。

② 秋高：秋天天高气爽，所以说秋高。怒号：怒叫。

③ 三重（chóng）茅：三层茅草。

189

④ 罥（juàn）：挂。

⑤ 坳（ào）：低洼的地方。

⑥ 呼不得：喊不住。

⑦ 倚杖：拄着手杖。

⑧ 俄顷：一会儿，不久。

⑨ 漠漠：灰蒙蒙。

⑩ 布衾（qīn）：布被子。

⑪ "娇儿"句：意思是孩子睡相不好，两脚乱蹬，破布被的里子又被踢破裂了。

⑫ "雨脚"句：意思是说雨漏下来非常密，好像麻丝一样没个头绪。雨脚：指雨点。

⑬ 丧乱：指公元 755 年爆发安史之乱后所受的离乱之苦。

⑭ 彻：过完，到天亮的意思。这句是说这长长的夜晚，家中到处都被雨淋湿了，怎能忍受到天亮呢？

⑮ 安得：如何能得到。

⑯ 寒士：贫寒的人们。俱：都。

⑰ 呜呼：感叹词。

⑱ 突兀：高耸的样子，这里用来形容广厦。

⑲ 吾庐：我的草房。

---

## 【汉译】

八月的秋风怒吼而来，

卷走了我屋顶上的三层茅草。

风吹茅草飞过大江散落在江边，

飞得高的挂在了高大的树梢上，

飞得低的飘荡回旋着沉落入水塘。

南村的一群孩子欺侮我年老没力气，

竟忍心当着我的面抢走我的茅草。

还公然地抱着茅草跑进了竹林，

我口干唇燥喊不住他们，

只好回来拄着手杖独自叹息。

不久风停了，天上的乌云黑得像墨一样，

昏黑的天空下起了连绵秋雨。

多年破棉被又硬又冷就像铁板，

宝贝儿子睡觉时两脚乱蹬又踢坏了被里。

房屋漏雨了，床上湿得没有一块干地方，

雨点像乱麻也没个停息。

自从兵乱就常常睡眠不好，

这漫漫长夜屋漏床湿又怎能忍受到天亮？

哪里能得到千万间宽大的房屋，

庇护普天下的穷人，使他们的脸上都露出欢笑，

风雨中这大厦也会安然不动像山一样坚牢！

唉！

什么时候在我眼前出现这样的房屋，

唯独我的草房破漏，自己受冻而死也会心满意足。

## 【Translation】

The autumn wind is howling in August,

And blows off the three layers of thatch on my roof with its thrust.

The thatches fly across the river and on the riverbank they settle,

Some land high on the treetop, and some float down to the puddles.

The kids of the southern village take advantage of my infirmity,

And commit a barefaced robbery.

Holding the thatches, they walk into the bamboo forest with a swagger，

Unable to shout with a dry mouth, I go back and sigh with anger.

A short while later the wind stops, and the clouds darken,

And the rain begins to fall from the autumn's gloomy sky.

After years of wear the quilt is as cold as metal,

And broken as my child's sleeping posture is awful.

With the leak above the bedside everywhere in the house is wet,

And raindrops fall relentlessly like a continuous thread.

Since the beginning of war I've always had restless sleep,

And now, how am I going to get through this damp night so deep?

Where can I find tens of thousands of spacious dwellings,

To provide shelters for the poor and make them happy, and in storms they never swing?

Alas, if such lofty houses emerge in front of my eyes,

I would be happy even if my cottage is still leaking and I shall freeze to death.

---

## 【内容提示】

唐肃宗上元二年（761）春，杜甫来成都定居，托亲友盖了一间茅草屋，终于有了栖身之处。不料秋天的大风卷走了屋上的茅草，秋雨连绵漏湿了他草堂内的一切。这首诗描写了他得以安身的"茅屋为秋风所破"的痛苦遭遇。由个人的痛苦，诗人又联想到"天下寒士"的不幸，从而表达了诗人忧国忧民的情感和迫切要求改变黑暗现实的理想。

# 赠 花 卿①

## To Mr. Hua

### 杜 甫

**Du Fu**

锦城丝管日纷纷②，

半入江风半入云。

此曲只应天上有，

人间能得几回闻。

## 【注释】

① 花卿：名敬定，成都尹崔光远的部将，曾因平叛立过功。但他居功自傲，骄恣不法，放纵士卒抢掠东蜀，又目无朝廷，擅自使用天子音乐。杜甫写这首诗对他进行婉转的讽刺。

② 锦城：成都。这里指花卿家。丝管：弦乐和管乐。纷纷：本意多而乱的样子，这里用以形容音乐的复杂、和谐。

## 【汉译】

从你的家中整日飞出悠扬动听的管弦乐曲，

随风在江面上回荡，缓缓地又飘入云中。

这行云流水般的曲子只该天上才有，

人世间难得听到几回。

## 【Translation】

The melodious music fills the city of Chengdu every day，
Half in the wind above the river and half in the clouds they stay.
In heaven alone should such splendid music be heard，
And the world of mortals is rarely stirred.

## 【内容提示】

从表面看这是一首乐曲赞美诗，细细感受即可见其中的揶揄意味。在中国封建社会，礼仪制度极严，音乐的使用也是有等级的。"只应天上有"的曲子，当然只有皇帝能用，但它却从花卿家传出，这在当时是大逆不道的。诗人通过赞美从花卿家传出的乐曲，含蓄婉转地对花卿的骄恣不法、目无朝廷、自以为得意的表现给予讽刺。

# 不　见
## A Long Separation

### 杜　甫
### Du Fu

不见李生久<sup>①</sup>，佯狂真可哀<sup>②</sup>！

世人皆欲杀，吾意独怜才。

敏捷诗千首，飘零酒一杯。

匡山读处书<sup>③</sup>，头白好归来。

## 【注释】

① 李生：即李白。

② 佯狂：假装疯癫。

③ 匡山：大匡山。李白青少年时代读书处。

## 【汉译】

已经很久没见到李白了，

他假装疯狂实在可悲可哀。

迫害他的人都极力想杀掉他，

唯有我的心中怜惜这出众的人才。

他才思敏捷写诗千余首，

漂泊天涯只有酒与他相伴。

匡山是他早年读书的地方，

望他人老头白后返回那里安度余年。

## 【Translation】

The last time I met Li Bai was long ago，

His fake madness is truly a thing of sorrow.

Vile people wish to put him to death，

But he's a remarkable genius I have mercy on.

He wrote thousands of poems with his talented mind，

But his only comfort in his vagrant life is a cup of wine.

Mount Kuang is where he studied as a young boy，

He should come back as an old man with a good life to enjoy.

## 【内容提示】

写这首诗的时候，杜甫客居成都，李白在流放夜郎的途中获释。两个人已经很久没见面了，杜甫对李白十分想念而写成这首诗。诗中赞美了李白豪放的胸怀和出众的才华，同时对李白的不幸遭遇表达了深切同情和极度不平。

# 江畔独步寻花①

## Walking Along the River Alone and Appreciating the Flowers

杜 甫

Du Fu

黄四娘家花满蹊②，

千朵万朵压枝低。

留连戏蝶时时舞③，

自在娇莺恰恰啼④。

## 【注释】

① 江畔：江边。独步：独自散步。

② 黄四娘：杜甫的邻居。"娘"或"娘子"是唐代习惯上对妇女的美称。蹊：小路。

③ 留连：走来走去徘徊，舍不得离去的样子。戏蝶：游戏的蝴蝶。

④ 恰恰啼：象声词，形容娇莺的叫声。

---

## 【汉译】

黄四娘家的小路旁长满艳丽的鲜花，

花朵繁茂把枝杆都压得很低。

留恋的彩蝶上下飞舞不愿离去，

愉快的黄莺唱出了动听的歌曲。

## 【Translation】

The path besides Huang Siniang's house is full of flowers,

Tens of thousands of blooms make the branches lower.

Unwilling to leave the butterflies are dancing,

While the carefree yellow orioles are singing melodiously.

## 【内容提示】

这首诗用浅显的语言，描绘了一片春意盎然的景色。那压弯了枝条的、娇艳芬芳的花朵和那在花间上下翻飞、不忍离去的彩蝶历历在目，那时时传来的黄莺银铃般动听的鸣叫声如在耳畔。鸟语花香的美丽春光令人陶醉，令人神往。诗写得自然、轻快、活泼，动静相融，色彩鲜明，很有画面感。

# 闻官军收河南河北<sup>①</sup>

## At the News of Retaking Henan and Hebei

### 杜　甫
### Du Fu

剑外忽传收蓟北<sup>②</sup>，初闻涕泪满衣裳。
却看妻子愁何在，漫卷诗书喜欲狂<sup>③</sup>。
白日放歌须纵酒，青春作伴好还乡<sup>④</sup>。
即从巴峡穿巫峡<sup>⑤</sup>，便下襄阳向洛阳<sup>⑥</sup>。

## 【注释】

① 官军：政府军队。
② 剑外：剑阁以外，指四川。蓟北：今河北省北部。
③ 漫卷：胡乱卷起。
④ 青春：指春天。
⑤ 巴峡：长江自巫山入巴东为巴峡。巫峡：三峡中最长的山峡，在四川巫山县东。
⑥ 襄阳：在今湖北省。

## 【汉译】

我漂泊在剑外忽然传来收复蓟北的捷报，
刚听到这胜利的消息激动得泪洒衣裳。
再看看妻子儿女的愁容也不知到哪里去了，

胡乱地卷起书籍我兴奋得发了狂。

白天引吭高歌还要开怀畅饮，

春天到来我就携带妻儿回归故乡。

从巴峡穿过巫峡，

然后再从襄阳向洛阳进发。

【Translation】

In Sichuan，the news of retaking Hebei suddenly reached me，

Hearing the message I shed countless tears of glee.

Turning around I saw that sadness had gone from my wife and children's face，

Wild with joy I rolled up my books excitedly and with a quick pace.

With a necessary hearty drink I sang heartily at daylight，

And we will go back to our hometown when spring is at its height.

We set out from Ba Gorge and go through Wu Gorge with glee，

Then from Xiangyang we will head for the Luoyang City.

【内容提示】

宝应二年（763），史朝义兵败自杀，他的部下纷纷投降。唐王朝军队相继收复了河南、河北。延续了七年多的"安史之乱"接近平定。这时在梓州（今四川三台）的杜甫，听到这个消息后非常兴奋，写下这首诗。诗中抒写了胜利的消息带给诗人及家人的异常喜悦，以及想要马上回到久别故乡的迫切心情。

# 绝句二首（其一）

## Two Quatrains（Ⅰ）

### 杜 甫
**Du Fu**

迟日江山丽<sup>①</sup>，
春风花草香。
泥融飞燕子<sup>②</sup>，
沙暖睡鸳鸯。

## 【注释】

① 迟日：春日。

② "泥融"二句：春回大地，泥融土湿，燕子来往衔泥筑巢；春光融融，日丽沙暖，鸳鸯愈发贪睡。

## 【汉译】

初春的阳光普照着秀丽的江山，
和煦的春风送来阵阵花草的芬芳。
融化的大地飞来衔泥筑巢的归燕，
暖暖的沙滩上静卧着贪睡的鸳鸯。

**【Translation】**

Under the spring sunshine the landscape looks so well,

The spring breeze brought plants' fragrant smell.

With thaw the swallows are carrying earth to build nests merrily,

And on warm sand the drowsy mandarin ducks sleep peacefully.

# 绝句二首（其二）

## Two Quatrains（Ⅱ）

### 杜　甫

**Du Fu**

江碧鸟逾白<sup>①</sup>，
山青花欲燃<sup>②</sup>。
今春看又过，
何日是归年？

【注释】

① 逾白：更加白。
② 花欲燃：是说花红如火。

【汉译】

江水碧绿，愈发显露出水鸟的洁白，
山峰青翠，映衬得红花像燃烧的火焰。
今年春天眼看着又过去了，
不知什么时候才是归乡的那天？

【Translation】

The birds look whiter against the river's azure,

And with the green mountain the flowers are brighter.

Here goes another spring,

But when will be my homegoing?

---

## 【内容提示】

　　《绝句二首》（其一）是诗人写于成都草堂的一首五言绝句。诗人笔下初春灿烂的阳光，秀丽迷人的山川，那春风，那花香，无不荡漾着春的生机。归燕在冰雪消融的田地里飞来飞去，忙着衔泥筑巢，这为那美丽如画的春景增添了一种动态美，春意更浓了。鸳鸯与燕子不同，它们静静地睡在那温暖的沙滩上，享受着春光，动中有静，使整个画面变得和谐统一。读完全诗，一幅色彩鲜明、生机勃发、优美迷人的初春景物图便呈现于面前。这首诗反映了诗人当时定居成都草堂的安适心情，以及面对初春那盎然生机的欢悦情怀。

　　《绝句二首》（其二）是诗人入蜀后所作，抒发了诗人长久旅居他乡的感慨。碧绿的水波，白色的水鸟，苍翠的青山，火红的山花，构成了一幅色彩鲜明、清新怡人的风景画。眼前的美景并未能引起诗人的兴致，反而勾起了漂泊异乡的感伤。以乐景写哀情，是这首诗的主要特点。

# 绝句（其一）

## Quatrains（Ⅰ）

### 杜　甫

**Du Fu**

两个黄鹂鸣翠柳<sup>①</sup>，
一行白鹭上青天。
窗含西岭千秋雪，
门泊东吴万里船<sup>②</sup>。

**【注释】**

① 黄鹂：黄莺。
② 东吴：指今江苏一带。万里船：借从万里之外行来的船形容成都到东吴路程的遥远。

**【汉译】**

两只黄莺在翠绿的柳枝间鸣叫，
排成行的白鹭飞翔在万里蓝天。
透过窗户望见了西岭千年的积雪，
门外江中停泊着东吴的万里航船。

## 【Translation】

Above the green willows two orioles are singing，

Up in the sky a pair of egrets are flying.

Outside my window is the snow of Western Mountains that has

lain for countless centuries，

And outside my door are the ships that have come all the way

from the faraway Wu territory.

## 【内容提示】

安史之乱平定后一年，杜甫回到成都草堂，由于心情特别好，眼前的景色又充满了勃勃生机，于是情不自禁写下了一组即景小诗。这是其中的一首，它描写的是草堂附近优美、壮阔的景色。那有声有色、一派优美的意境传达出诗人无比欢快的心情；窗前的雪岭、江船、蓝天、白鹭简直就是一幅清新、壮阔的水墨画。

# 白　帝①

## Baidi Fortress

### 杜　甫

#### Du Fu

白帝城中云出门，白帝城下雨翻盆②。

高江急峡雷霆斗，古木苍藤日月昏③。

戎马不如归马逸④，千家今有百家存！

哀哀寡妇诛求尽⑤，恸哭秋原何处村⑥？

## 【注释】

① 白帝：即白帝城，在今四川奉节。

② 翻盆：倾盆，形容雨势狂暴。

③ 日月昏：日月昏暗无光。

④ 戎马：战马。归马：指回到田中从事生产的马。逸：安逸、自在。

⑤ 诛求：横征暴敛。

⑥ 何处村：不知在哪个村。

## 【汉译】

乌云从白帝城门飘过，

白帝城下正大雨倾盆。

江水湍急，打雷般通过峡谷，

古树老藤遮得地暗天昏。

战马不如耕马自在安全，
千家里面只有百家幸存！
可怜的寡妇被征敛得一无所有，
哭声遍秋野，已分不清来自哪个村。

## 【Translation】

Past the gate of Baidi Fortress the clouds are flowing，

And below Baidi Fortress the rain is pouring.

With a thunderous roar the rising river races through the canyon，

And the ancient trees and vines block daylight like a curtain.

Be a workhorse is easier than be a warhorse，

Only one-tenth of the homes are left after war's terrible force!

With harsh taxes the poor widows are left penniless，

From which village of this autumn field comes the sad cry so helpless?

## 【内容提示】

这是杜甫晚年居于夔州一带时写的作品，反映了战乱时期人民生活的痛苦。诗的前半以云雨寄兴，暗示时代的动乱，为展示后面黑暗的社会现实作铺垫、造声势。诗的后半转而写满目疮痍的秋野荒村：萧条的原野，终日哀伤的寡妇，人烟稀少的村中传来的阵阵哭声。诗人把对黑暗社会的控诉，寓含在惨淡、凄凉的景色和那悲剧形象之中，其状令人目不忍视，耳不忍闻。

# 孤　雁

## The Lone Goose

### 杜　甫

### Du Fu

孤雁不饮啄，飞鸣声念群。

谁怜一片影①，相失万重云？

望尽似犹见②，哀多如更闻③。

野鸦无意绪④，鸣噪自纷纷⑤。

## 【注释】

① 怜：怜惜。

② 似犹见：似乎还看见。

③ "哀多"句：是说孤雁老是听到雁群的叫声，因而越发声声不停地呼唤。

④ 意绪：心绪。

⑤ 纷纷：杂乱。

## 【汉译】

失掉雁群的孤雁不吃也不喝，

不停飞着叫着，思念着它的雁群。

有谁可怜它那一小只孤单的身影，

它与它的雁群离失在万重云中。

望尽天边，那失去的队伍好像总在眼前晃动，

哀鸣声声，耳畔仿佛老是听见伙伴们的叫声。

野鸦对这种感情却全然不懂，

只知道自得其乐地、杂乱地鸣噪不停。

## 【Translation】

The lone goose won't drink or feed anything,

Looking for his flock he keeps flying and honking.

Who would feel sorry for this lonely creature,

Who in a sea of clouds has lost his partners?

Looking into the distance it seems that his flock is there,

With his own sad cries he thinks he has heard their honks in the air.

But the crows are unable to understand a thing,

And enjoying themselves they kept cawing.

## 【内容提示】

这首诗写的是一只失落的孤雁，焦灼、痛苦、不停地思念、追赶它的雁群。诗人极赞孤雁那不顾饥渴、不顾安危，执着、拼命地追寻雁群的精神及那炽烈的念友之情，深切地同情孤雁的不幸，同时给予不懂情感、自得其乐的野鸦以嘲讽。诗中的孤雁寄寓了流落他乡的诗人自己的影子，诗中的野鸦，是诗人厌恶的那些俗客庸夫的写照。

这首诗所表现的情感浓烈、真挚，读后使人深深为之感动。

# 登　高
## An Ascent

## 杜　甫
### Du Fu

风急天高猿啸哀<sup>①</sup>，渚清沙白鸟飞回<sup>②</sup>。

无边落木萧萧下<sup>③</sup>，不尽长江滚滚来。

万里悲秋常作客，百年多病独登台。

艰难苦恨繁霜鬓<sup>④</sup>，潦倒新停浊酒杯<sup>⑤</sup>。

## 【注释】

① 猿啸哀：猿猴叫声非常凄凉。

② 渚（zhǔ）：水中的小块陆地。回：回旋。

③ 萧萧：形容树木在秋风里发出的声音。

④ 繁霜鬓：鬓发白了。繁，多。

⑤ 潦倒：衰颓不振，打不起精神。新停：最近停止。

## 【汉译】

秋风急，天高远，猿叫声声悲哀，

江岛青，细沙白，水鸟飞旋徘徊。

无边的秋林落叶簌簌地飘下，

望不到尽头的长江滚滚而来。

悲凉的秋风中客居在万里以外，

拖着年老的病体独自登上高台。

艰难苦恨使我增添了无数白发，

穷困潦倒最近也放下这浊酒杯。

## 【Translation】

With the gale under the clear sky the apes are making sad whistles，

And over the green isle and white sandbank the waterfowls are hovering.

The innumerable leaves are falling down with rustles，

While toward me the endless Yangtze River is raging.

Thousands of miles from home I feel sad in the autumn as a constant traveler，

As an old and sick man I climb to this height alone.

With hardships and terrible regrets my sideburns get whiter，

And I have recently given up drinking for my poverty and illness.

## 【内容提示】

这是杜甫晚年在夔州重阳节登高时所写下的一首悲秋之作。杜甫晚年生活非常艰难困苦，穷愁潦倒，触景伤情，不禁生出满心的悲苦、忧愤。诗中描绘了登高所见的江边的凄凉秋色，抒发了诗人的悲愤心情，以及对自己穷困无可奈何的消沉情绪。"无边落木萧萧下，不尽长江滚滚来"可谓千古名句。

# 江南逢李龟年①

## Encounter with Li Guinian in Jiangnan

杜 甫

Du Fu

岐王宅里寻常见②，
崔九堂前几度闻③，
正是江南好风景，
落花时节又逢君。

## 【注释】

① 李龟年：唐代开元年间著名的乐师。
② 岐（qí）王：唐玄宗的弟弟李范。
③ 崔九：即殿中监崔涤。

---

## 【汉译】

岐王府里经常见到您的尊容，
崔九堂前也几次听过您的乐声。
如今正是江南风景秀美的时节，
缤纷落花中我又与您相逢。

## 【Translation】

We used to meet regularly in Prince Qi's mansion，
And many times in Cui Di's place your songs I have listened to.
Now Jiangnan is in her most beautiful season of the year，
With the fading blossoms we are meeting again in here.

## 【内容提示】

李龟年是开元、天宝时期闻名的乐师。杜甫年少时曾听过他的歌。大历五年（770）春，杜甫在湖南与李龟年重逢时写下了这首很有名的诗。诗中流露了诗人对往事的怀念，抒发了与旧友重逢时的喜悦。

# 春行即兴
## An Impromptu on a Spring Outing

### 李 华
### Li Hua

宜阳城下草萋萋①，
涧水东流复向西。
芳树无人花自落，
春山一路鸟空啼。

## 【作者简介】

李华（715—766 年），字遐叔，赵郡赞皇（今河北元氏）人。盛唐诗人。

## 【注释】

① 宜阳：在今河南省西部，洛河中游。唐代最大的行宫之一，连昌宫就在宜阳。萋萋：草长得茂盛的样子。

---

## 【汉译】

宜阳城下长满了茂盛的野草，
清清的山泉水随意流向东又流向西。

芬芳的花树无人欣赏，任凭花儿寂寞地开落，

春色浓郁的山路寂静无人，只有鸟儿在独自鸣啼。

## 【Translation】

Beneath Yiyang's walls, the grasses thickly grow,

A stream flows eastward, and then reverses its flow.

Fragrant trees bloom unseen, their flowers falling free,

And only the birds sing alone on the silent mountain road of spring in glee.

## 【内容提示】

这首小诗写的是安史之乱后宜阳城的凋残景象，抒发了诗人对时事的感慨及寂寞情怀。诗人采用了寓情于景的表现手法，诗的每一句都在写景，而字字又都含情，花落鸟啼中寓含着诗人的兴亡之感慨及凄凉的心情。

# 白雪歌送武判官归京①

## A Farewell Song to Judge Wu Returning to the Capital in the Snow

### 岑 参
### Cen Shen

北风卷地白草折②，胡天八月即飞雪。

忽如一夜春风来，千树万树梨花开。

散入珠帘湿罗幕③，狐裘不暖锦衾薄④。

将军角弓不得控⑤，都护铁衣冷难着⑥。

瀚海阑干百丈冰⑦，愁云惨淡万里凝。

中军置酒饮归客，胡琴琵琶与羌笛⑧。

纷纷暮雪下辕门⑨，风掣红旗冻不翻⑩。

轮台东门送君去⑪，去时雪满天山路。

山回路转不见君，雪上空留马行处。

【作者简介】

岑参（约 715—770 年），江陵（今湖北江陵）人。他是盛唐杰出的边塞诗人。

【注释】

① 判官：唐朝协助地方长官处理政务和公文的一种文官。

② 卷地：卷地而来，极力描写风力猛烈。白草：西北边境的一种草，秋天变白。

③ 罗幕：丝织的帐幕。

④ 裘（qiú）：皮衣。锦衾：锦缎被子。

⑤ 角弓：用兽角做装饰的硬弓。控：拉开。

⑥ 着：穿上。

⑦ 瀚（hàn）海：大沙漠。

⑧ 羌（qiāng）：古代西北地域的一个民族。

⑨ 辕门：军营门。

⑩ 冻不翻：旗被风吹向一方，给人以冻住之感。

⑪ 轮台：在今新疆维吾尔自治区米泉县。

---

## 【汉译】

北风怒卷，白草被折断，

八月的北国白雪茫茫地冻天寒。

恰如一夜之间春风又来，

枝条上的积雪如梨花盛开。

飞舞的雪花浸湿了军帐，

狐皮大衣和锦缎被也不能防寒。

将士们的宝弓冻得难以拉开，

铁衣盔甲更冷得难以穿在身上。

浩浩沙漠，冰天雪地，

暗暗愁云，重重凝聚。

友人要回京送别宴设在军帐中，

拉起胡琴，弹起琵琶，吹起羌笛来助兴。

军营门外鹅毛大雪在暮色中飘落，

瑟瑟冷风冻得红旗都飘不动。

在这轮台城门送您向东方归去，

天山路上冰坚雪深还望多保重。

山路曲折，转眼间朋友便在视野中消失，

积雪覆盖的路上只留下行行马蹄印在延伸。

## 【Translation】

The north wind rolls over the ground and snaps the white grass
of frontiers,

In the eighth month, cold and snowflakes it bears.

As if a night of spring breeze has come to pass,

Countless trees burst into blossom of flakes, white as glass.

Silk curtains are wet with scattered snow,

Fox fur and brocade do little to warm and keep the blood flow.

The horned bow is hard for drawing,

The iron armor is cold, impossible to cling.

The endless desert is frozen for a hundred feet,

The gloomy clouds stretch for thousands of miles, lifeless and
bleak.

A banquet is being held for a guest who'll soon be gone,

With Qiang flute, lute and huqin, melodies to carry on.

Endless snow falls against the camp gate in white,

Scarlet banners are frozen with cold winds' might.

To the east gate of Luntai I escorted him,

Where the mountain road is covered in snow.

The mountain path twists and turns, the way ahead unseen,

Only horse hooves leave behind their marks on the newly-fallen

snow.

## 【内容提示】

　　唐朝边塞诗中送别之作颇多，但以咏雪送人并抒发豪迈情怀的诗却唯此为佳。开篇两句即是写南来之人眼中的北方雪景，字里行间充满惊叹。紧接两句以贴切的比喻进一步渲染出北方雪景的浪漫色彩，喜悦之情寓于其中。现实却不像诗人想象的那么美好，一场大雪一场奇寒：夜不成眠、强弓不开、红旗不动，一片"愁云惨淡万里凝"的景象。寒夜送别，更觉凄惨，"山回路转不见君，雪上空留马行处"抒写出悠悠不尽的离别情。这首诗显示了作者敏锐的感受力和细致的观察力，笔触虚实错落，情景交融，具有很强的艺术感染力。

# 行军九日思长安故园①

## Longing for My Hometown of Chang'an While Marching at Double Ninth Festival

岑 参

Cen Shen

强欲登高去②，
无人送酒来③。
遥怜故园菊，
应傍战场开。

## 【注释】

① 行军：行营。九日：即重阳节。

② 登高：古时有在重阳节这天登高饮菊花酒插茱萸的习俗。

③ 送酒：说的是有一年的重阳佳节，陶渊明没有酒喝，走到宅边的菊花丛中闷坐很久。后来正好王弘送来酒，于是陶渊明喝醉而归。诗人在这里化用陶渊明的典故，意在引起人们的联想。

## 【汉译】

勉强想要按习俗登上高处饮酒，
可是这战乱之时没人会送酒来。
可怜那遥远故乡园子里的菊花，
此刻它应在战场旁残垣断壁间盛开。

【**Translation**】

With hesitation I climb up high.

No one's here to bring me wine.

In my hometown，a lone chrysanthemum，

Beside the crumbling battlefield must bloom.

---

【内容提示】

这首诗写的是重阳佳节诗人欲登高而无人送酒，由此联想到家乡的菊花，又因菊花而思念起在战乱中的家乡，可怜那故乡园子里的菊花，此刻仍开在战场旁的残垣断壁间。表现了诗人对国事的忧虑和对战乱中人民疾苦的关切。诗写得平直朴素，言简意深，耐人寻味。

# 逢入京使

## Encounter with the Envoy Entering the Capital

### 岑 参
### Cen Shen

故园东望路漫漫<sup>①</sup>，
双袖龙钟泪不干<sup>②</sup>。
马上相逢无纸笔，
凭君传语报平安<sup>③</sup>。

【注释】

① 漫漫：这里是遥远的意思。

② 龙钟：湿漉漉的样子。

③ 凭：托。传语：捎个口信。

---

【汉译】

向东眺望家乡，
路途是那样遥远。
双袖沾湿了，
泪还是流不完。
正巧我们马上遇见，
可惜没有笔墨纸砚。

拜托您给家里捎个口信，

就说我一切平安。

## 【Translation】

Far in the east is my hometown，

My sleeves are soaked with tears that are impossible to count.

We are both on the path when we meet，and no writing tools can be found，

So I ask you to tell my well-being，to my hometown as you come around.

---

## 【内容提示】

这是写远赴西域途中，巧遇返京述职的老相识，故而引起的思乡之情的短诗。首句以写实起笔，点明离乡之远，东望长安，归路迢迢，蕴含思乡之情。第二句以夸张之笔突出思念亲人的神态。三、四句又以质朴的纪实文字收住全诗，既深化了眷恋故园之柔情，又散发出一种慷慨豪迈之气。清代刘熙载曾说："诗能于易处见工，便觉亲切有味。"此诗正有这种特色。

# 枫桥夜泊①

## Night Berthing at Maple Bridge

### 张　继

#### Zhang Ji

月落乌啼霜满天，

江枫渔火对愁眠。

姑苏城外寒山寺②，

夜半钟声到客船。

## 【作者简介】

张继（生卒年不详），字懿孙，襄州（今湖北襄阳）人，盛唐诗人。

## 【注释】

① 枫桥：在今江苏省苏州西部。此诗又题作《夜泊枫江》。

② 姑苏：即现在的苏州。

## 【汉译】

月落了，乌鸦鸣叫，霜花满天，

江边的枫树摇曳，渔火点点，

我愁思缕缕难以入眠。

夜深了，

从姑苏城外寒山寺里传来了钟声，

钟声在夜空回荡，又传入我的客船。

## 【Translation】

As the moon sets，chill fills the air along with ravens' cries，

In sorrow I go to sleep，accompanied by the maples and fishing lights.

Outside Suzhou，the Hanshan Temple dwells，

In the midnight，the passenger boat resounds with the Temple's bells.

## 【内容提示】

《枫桥夜泊》是唐诗名篇中的佼佼者。重新仔细读来，确实笔墨不凡。起笔只七个字写了三景物便托出所见、所闻和所感的丰富内涵：月从天边落下，乌鸦啼鸣声声，天空中充满了寒气，水乡秋月的冷寂和抒情主人公的失落之情跃然纸上。对着月夜秋寒和水上人家的点点灯火，在难熬的旅途中实难入眠。主人公此时的"情"与江枫月夜之"景"融为一体，生出一种飘然物外的朦胧意境着实荡人心魄。当抒情主人公从超现实的境界又回到现实之中时，他又特别清楚地意识到：自己是在姑苏城外寒山寺旁的江中客船上，又身处他乡。这时，不远处的寺庙里传来了回荡的钟声，从而又应合了"对愁眠"三字，从而创造出完美的艺术境界。

# 题破山寺后禅院<sup>①</sup>

## Inscribed at the Rear Chamber of Poshan Temple

### 常　建

### Chang Jian

清晨入古寺，初日照高林。

曲径通幽处，禅房花木深。

山光悦鸟性<sup>②</sup>，潭影空人心。

万籁此俱寂<sup>③</sup>，惟闻钟磬音<sup>④</sup>。

## 【作者简介】

常建（生卒年不详），籍贯不详。盛唐山水田园诗人。

## 【注释】

① 破山寺：即兴福寺，在今江苏常熟虞山。禅院：寺僧居住修行的地方。

② 悦鸟性：鸟因山光美好而喜悦。

③ 籁：空穴里发出的声音，泛指声音。俱：全都。

④ 磬：此处指和尚敲的用石头制成或铜铁铸成的钵状物。

## 【汉译】

清晨我步行来到古老的寺庙，

初升的太阳照射着高耸的树木。
弯曲的小路通往幽深的地方，
禅房就在花丛树林的深处。
山中的景色引得鸟儿欢唱，
清潭中的倒影使人忘了尘心。
四周的万物是这样的寂静，
只能听到寺庙的钟磬声声。

## 【Translation】

Early at daybreak，I step into the ancient temple，

The dawning sun shines upon the imposing trees.

A winding path leads me to a quiet seclusion，

And the meditation chamber is hidden deep in vegetation growth.

Birds are cheered up by the hill's scenery，

Reflections in the pond empty my worldly attachments.

All is quiet at this particular moment，

Except the lingering echoes of the temple bell.

## 【内容提示】

这首诗是盛唐大批优秀山水诗中的上乘之作，不仅风格独特，而且艺术水平很高。诗的内容是题咏寺院禅房，表达的思想即是隐逸清高，题材与主题达到内在的一致性。清晨太阳刚刚升起，作者信步沿着弯弯曲曲的小路，走进花木茂密的破山寺后院，眼前幽静空灵、疑是仙境的景色使人有忘却尘俗之感。而结尾处又以余音袅袅的钟磬之声衬托出了"万籁此俱寂"的情境，令人神往，耐人寻味。其中"曲径通幽处，禅房花木深"更是为人称颂至今的名句。

# 过山农家
## Visiting a Mountain Village Home

顾　况

Gu Kuang

板桥人渡泉声，

茅檐日午鸡鸣。

莫嗔焙茶烟暗①，

却喜晒谷天晴②。

## 【作者简介】

顾况（约 727—约 815 年），字逋翁，自号华阳山人。苏州（今江苏苏州）人。盛唐诗人。

## 【注释】

① 嗔（chēn）：生气、怪罪。焙（bèi）茶：用微火烘烤茶叶。

② 却：正。

## 【汉译】

从木板桥上走过，耳边响着潺潺的泉水声，

太阳高照，茅草屋檐上农家的鸡叫个不停。

不要因焙茶弄得烟熏火燎而生气，
晒谷之时恰逢天气晴朗正该欢喜。

## 【Translation】

Walking over the wooden bridge I hear spring flow，
Roosters on thatched roofs crow at noon's glow.
Never mind the smoke from the baking tea，
Over the grains the skies are clear with glee.

## 【内容提示】

这首诗写的是访问山村农家时的见闻。诗中由远而近，有层次地表现了江南乡村的景物和当地焙茶晒谷的劳动场景，以及山民们繁忙而喜悦的心情，爽快而淳朴的性格。全诗格调明朗、形象鲜明、节奏轻快。

# 军城早秋

## A Military Town in Early Autumn

严 武

**Yan Wu**

昨夜秋风入汉关①，

朔云边月满西山②。

更催飞将追骄虏③，

莫遣沙场匹马还④。

## 【作者简介】

严武（726—765 年），字季鹰，华阴（今陕西华阴）人。盛唐诗人。

## 【注释】

① 汉关：指现在的四川剑阁。

② 朔（shuò）云：朔，指北方。朔云，冷空气凝结起来所形成的云雾。西山：指现在的四川西部的大雪山。

③ 骄虏：指得意忘形的敌军。

④ 遣：送还。

## 【汉译】

秋风昨夜吹入边关，
寒云冷月笼罩着雪山。
这更催促将士飞奔去追击骄横的敌人，
不能让敌军一兵一卒从战场上逃还。

## 【Translation】

The autumn winds invaded the frontier last night，
The western snow-capped mountains are shrouded in cold
clouds and moonlight.
The valiant soldiers must chase the prideful foes，
No enemy should leave unscathed and free to go.

## 【内容提示】

　　唐朝边塞军事题材的诗作多为作者的亲身体验，因而情真意切。这首《军城早秋》的作者严武便是两次率军定蜀的将领。本诗既显示了严将军的才略武功，又表现了他作为诗人的文采辞章。"昨夜"句既点明了时间地点，又暗寓了敌情的紧急；第二句描写了一幅寒云浓重、月色清冷的图画，从侧面表现了"胸中自有百万兵"的主帅气度；后两句则表现战势的有利和将军刚毅果决的魄力。全诗气概雄壮、语言简练，富有独特的艺术个性。

# 春山夜月

## The Night Scene of the Spring Mountains

### 于良史

#### Yu Liangshi

春山多胜事①，赏玩夜忘归。

掬水月在手②，弄花香满衣。

兴来无远近，欲去惜芳菲。

南望鸣钟处，楼台深翠微③。

## 【作者简介】

于良史（生卒年不详），盛唐诗人。

## 【注释】

① 胜事：美好的事物。

② 掬（jū）：用双手捧。

③ 深翠微：青翠山色的深处。

---

## 【汉译】

春天的山上有很多美好的景物，

只顾玩赏天黑了都忘了把家回。

双手捧起清澄的泉水，月影便呈现在你的手里，

拂弄着山花，那浓郁的香味就会充满你的衣衫。

兴致上来了觉不出有远近之分，

想要离开又惜别这怡人的芬芳。

抬头南望传来钟声的地方，

可见青翠的山色深处有楼台隐现。

## 【Translation】

Many delights await on springtime mountain peaks，

Lost in rapture，I forget the hour as night seeks.

If some water scooped，the moon can be held in hand，

When flowers are touched，scent hold the clothes as a band.

With boundless joy，I give no thought to distance or near，

And sorry to go every time I have to leave this place so fair.

Towards the south，I glimpse where the bells chime，

Towers are shrouded in an ocean so green and sublime.

## 【内容提示】

这幅春山夜月图，色彩鲜明、感情饱满。先写游春夜忘归的胜事，索性"掬水""弄花"尽兴游赏，以致忘记路途远近，不忍离去。最后两句以声音而引出远景画面，从而使层次更加丰富，气韵更加饱满。作者以细腻质朴的语言精雕细描出月夜中的春色，令人神往。

# 江行无题① （其四十三）

## A Traveling on the River：Untitled Poems（No. 43）

### 钱　起
### Qian Qi

兵火有余烬②，
贫村才数家。
无人争春渡，
残月下寒沙③。

## 【作者简介】

钱起（722—780 年），字仲文，吴兴（今浙江湖州）人。中唐诗人，"大历十才子"之一。

## 【注释】

① 这是一组旅途杂诗，共一百首。这首写的是战乱后农村的凄凉景象。
② 余烬（jìn）：火烧剩下的东西。
③ 沙：沙洲。

## 【汉译】

兵火烧过留下一片灰烬，

这贫穷的村落如今只剩下几家。

拂晓时不再有人去争着摆渡，

一轮残月慢慢沉入寒冷的沙洲。

## 【Translation】

Amidst the smoky embers of war,

Only a handful of homes in the poor village are left to explore.

No one races to cross the river at dawn,

And in the evening, the waning moon descends the cold sandbar forlorn.

## 【内容提示】

"大历十才子"之一的钱起，于战乱之中漂泊在外，信笔描绘所见所闻，积累诗百篇，这是其中之一。在几乎全是纪实的文字中写出了战乱给人民造成的苦难。战火烧遍了中原大地，千村万户化为一片灰烬，往日繁荣的村庄仅剩几间破屋，一片荒凉破败的景象。正值春耕大忙季节，昔日争相摆渡的江边，如今冷清无人，寒冷的残月照在一片沙滩上。诗人通过这首诗表现出对战乱的痛恨和对人民的同情。

# 暮春归故山草堂

## Returning to the Thatched Cottage in the Old Mountains in Late Spring

钱 起

Qian Qi

谷口春残黄鸟稀①，

辛夷花尽杏花飞②。

始怜幽竹山窗下③，

不改清阴待我归。

**【注释】**

① 谷口：在终南山附近。黄鸟：即黄莺，叫声悦耳。

② 辛夷：木兰树的花，比杏花开得早。

③ 怜：喜爱。

---

**【汉译】**

谷口春光已去，黄莺声影也变得少了，

辛夷花谢了，杏花也开始落英纷飞。

这使我更喜爱山下窗前竹林的清幽，

始终保持着翠绿等待着我的回归。

## 【Translation】

The yellow orioles are now scarce at the valley's end，as the
spring is ending，
Magnolias are gone and apricots are fading.
But the silent bamboos beneath my window remain the same，
Green and shady as ever they await my stay.

## 【内容提示】

这首诗写的是暮春时节诗人回到故山草堂的所见所感。春光已
逝，花残鸟稀，一片凋零空寂的景色。唯有窗前山下的竹林还是那
么翠绿清新。摇曳多姿，似乎在迎接他这个久别归来的主人。诗人
以压抑不住的激情，赞美了幽竹"不改清阴"的品格。这也是诗人
对那种不为世俗屈服的高尚节操的礼赞。读者可以从美的享受中领
会诗中深意。

# 寒 食①
## Cold Food Festival

韩 翃

Han Hong

春城无处不飞花，
寒食东风御柳斜②。
日暮汉宫传蜡烛③，
轻烟散入五侯家④。

## 【作者简介】

韩翃（生卒年不详），字君平，南阳（今河南邓州）人。中唐诗人，"大历十才子"之一。

## 【注释】

① 寒食：节日名，寒食节，在清明前两日。这天禁火吃冷饭。
② 御柳：御，此处指御苑，皇家花园。御柳，皇家花园中的杨柳。
③ 传：传赐。
④ 五侯：东汉末年，桓帝同一天封宦官单超等五人为侯，称五侯。这里泛指朝廷贵臣。

## 【汉译】

春日的长安城到处飞舞着柳絮杨花。

寒食节的东风吹得皇家花园中的柳枝摇曳。

傍晚从汉宫里传出皇帝赐予的蜡烛，

轻烟袅袅飘进了那权贵之家。

## 【Translation】

The city of Chang'an is awash with flying catkins in the spring,

Blown by Cold Food Festival winds, the royal willows swing.

From the palace, candles are carried as the evening comes,

And faint smoke streams into the noblemen's homes.

## 【内容提示】

这是一幅寒食节的风俗图。

进入暮春的寒食节是唐代人们重视的节令，故有"人间佳节唯寒食"之说。诗的头两句是从宏观上概括寒食节的气氛，虽是概括之笔，却是具体描绘：暮春的长安无限风光，和煦的春风中飘荡着杨花柳絮，正是"袅晴丝吹来闲庭院"和"姹紫嫣红开遍"的景象，又特别写上东风中皇家花园的柳枝，点出寒食风俗的特殊景观。后两句是微观的写实笔墨，天色近黄昏，皇帝赐予侯门红烛，这是当时的风俗。作者非常巧妙地于写实中蕴含着鲜明的思想倾向，虽不露痕迹，却自然而然引人联想。全城禁火之时，唯"五侯"之家烛烟袅袅，这便是"皇恩浩荡"的具体表现，极富讽刺意味。"五侯"乃受宠专权的官宦的代名词，意在言外。这便是于平淡中见新奇，于画面之外含深刻的真功夫。

# 代园中老人

## For an Old Man in the Garden

### 耿　湋

### Geng Wei

佣赁难堪一老身<sup>①</sup>，
皤皤力役在青春<sup>②</sup>。
林园手种唯吾事<sup>③</sup>，
桃李成阴归别人<sup>④</sup>。

## 【作者简介】

耿湋（生卒年不详），字洪源，河东（今山西蒲州）人。"大历十才子"之一。

## 【注释】

① 佣赁（lìn）：佣、赁，都是被雇佣替人劳动的意思。难堪：难以忍受。

② 皤皤（pó）：形容满头白发的样子。力役：被役使进行劳动。青春：在这里指春天。

③ 唯：独。

④ 桃李成阴：劳动成果，也包括树上的累累果实。

## 【汉译】

老夫我难以忍受被雇佣的劳苦，
虽已白发满头还要整日在田园里耕种。
园林的劳动只有我一人承担，
累累硕果却全都归了别人。

## 【Translation】

As an old man the burden of employment is hard to bear，

In the spring I toil with my white hair.

In the gardens，I plant with my own two hands，

But the fruits from peach and plum trees now fall into another's lands.

## 【内容提示】

在唐诗的海洋中直接描写劳动人民生活的作品极少，此诗便是其中之一。诗中集中笔墨塑造了一位老奴仆的形象，一生为人佣工，白发苍苍仍然在主人的园子里艰苦劳作。但是，园林的果实自己却无权享受全都归别人所有。质朴的文字，平凡的形象，揭示了深刻的社会主题，耐人寻味。

# 江村即事

## A Water Village Scene

### 司空曙

### Sikong Shu

钓罢归来不系船，

江村月落正堪眠<sup>①</sup>。

纵然一夜风吹去<sup>②</sup>，

只在芦花浅水边。

**【作者简介】**

司空曙（720—790 年），字文明，广平（今河北永年）人。"大历十才子"之一。

**【注释】**

① 堪（kān）：可以，能够。

② 风吹去：指把船吹走。

**【汉译】**

钓鱼回来用不着系船缆，

江村月亮西沉正好安眠。

就是今夜风将船儿吹走，

也飘不出芦苇丛中这浅水滩。

## 【Translation】

I didn't bother to moor the boat after the fishing was done.

It's just the time to slumber in this river village，as the moon was gone.

Even as gusts of wind may blow throughout the night，

It'll still remain by the reeds，where the water is light.

## 【内容提示】

这是一幅情趣盎然的江村夜月图；这是一首悠缓的江村渔夫曲。

写静谧、写悠然妙在"不着边际"，以动态景物衬托宁静悠闲，别开生面。"钓罢归来不系船"，这"不系"二字引出全诗画面，渔翁居然放心睡去不怕船儿漂走，那是因为"芦花浅水"的特定环境使然。全诗语言清新自然，妙笔生花。

# 咏 绣 障①
## Ode to the Embroidered Screen

### 胡令能
### Hu Lingneng

日暮堂前花蕊娇②，
争拈小笔上床描③。
绣成安向春园里，
引得黄莺下柳条。

## 【作者简介】

胡令能（生卒生不详），圃田（今河南中牟）人。中唐诗人。

## 【注释】

① 障：屏风。
② 花蕊（ruǐ）：花心，这里泛指花朵。
③ 拈（niān）：拿。床：安放绣布的架子。

---

## 【汉译】

太阳落时堂前花朵越发显得娇美，
急忙拿起小笔到绣架上把它摹描。

绣好后把它放在小花园里，

竟引来黄莺纷纷飞下了柳枝条。

## 【Translation】

Before the hall, blossoms' delicate faces are aglow in dusk's gleam,

As I pick up the needles, eager to capture their fleeting dream.

Stitch by stitch, the flowers are brought to life and set in the garden for display,

Attracting yellow orioles from the willow twigs they play.

## 【内容提示】

刺绣工艺是名副其实的"国粹"，以致唐诗中有很多描写和盛赞刺绣工艺的佳作，此为其一。首句写巧手绣屏风的环境、时间、地点和全诗主体——娇蕊；第二句以"争"字点出绣女的神态，从"拈"字托出绣姿的优美。整个绣作过程全都省略不记，而以一半笔墨从侧面烘托出绣品的高超工艺。"引得黄莺下柳条"，以虚胜实，神来之笔。

# 小儿垂钓
## A Young Fisher

胡令能

Hu Lingneng

蓬头稚子学垂纶<sup>①</sup>，
侧坐莓苔草映身<sup>②</sup>。
路人借问遥招手，
怕得鱼惊不应人。

## 【注释】

① 垂纶：即垂钓，也就是钓鱼。纶，钓丝。
② 莓苔：在潮湿的地方贴地生长的植物。

---

## 【汉译】

一个头发蓬乱的小孩正在学垂钓，
随意坐在青苔上，绿草映衬着他的身影。
遇到有人问路他老远就摆着小手，
唯恐把鱼儿惊散他不敢大声答应。

## 【Translation】

A young boy is learning to fish with a tousled hair，

Sitting by the weeds and mosses that fill the surrounding air.

He waves away a stranger in the distance, who asks for the way,

And refuses to answer, lest the fishes might be scared away.

## 【内容提示】

　　这是一首儿童题材的诗。诗写一个头发蓬乱、自然可爱的山野孩子，侧坐在河岸潮湿的地上，专心致志地钓鱼的情形。当有人向他问路时，他怕鱼儿被惊散，急忙向路人"遥招手"，诗人虽没写他"招手"以后的事，但我们可以想象到他向走到跟前的路人低声耳语时那充满稚气的脸上认真的神情，一个活脱脱的垂钓小孩的形象便跃然纸上。诗中对小孩体态、神情、动作的描写惟妙惟肖，是一篇描写儿童生活情趣的优秀作品。

# 滁州西涧①

## West Creek of Chuzhou

### 韦 应 物

### Wei Yingwu

独怜幽草涧边生②，
上有黄鹂深树鸣。
春潮带雨晚来急，
野渡无人舟自横。

## 【作者简介】

韦应物（约 737—791 年），京兆万年（今陕西西安）人。中唐诗人。

## 【注释】

① 滁（chú）州：今安徽滁州。
② 独怜：特别喜爱。涧（jiàn）：两山夹水叫涧。

## 【汉译】

我特别喜爱生长在涧边的芳草，
树林深处有黄鹂在枝头鸣叫。

春雨在傍晚倾洒使潮水涨得更急，

无人的古渡口只有船儿在水中晃来荡去。

## 【Translation】

Growing by the creek are the plants I prefer，

High above，with orioles' chorus the air is stirred.

With rain the spring tides surge at night，

A boat floats on its own beside a deserted wharf in sight.

## 【内容提示】

这是韦应物山水诗的代表作，"野渡无人舟自横"是唐诗中的佳句。四句七言诗描摹了一幅春日傍晚的江畔图画。一、二句写"幽草"之静和黄鹂之"鸣"，两种景物在对比中突出了静寂悠远的意境，使画面充溢着一种淡淡的哀愁气氛；第三句的晚来春潮之"急"和野渡轻舟之"横"，渲染出"无人"二字的寂寥之感。从整篇诗的境界来看，虽不一定如许多人所说的那样是寄托政治实事，但透出的矛盾心理和苦闷情怀则是显而易见的。

# 塞下曲<sup>①</sup>（其二）

## Song of the Frontier（Ⅱ）

卢　纶

**Lu Lun**

林暗草惊风，
将军夜引弓<sup>②</sup>。
平明寻白羽<sup>③</sup>，
没在石棱中<sup>④</sup>。

## 【作者简介】

卢纶（约 742—约 799 年），字允言，河中蒲州（今山西永济）人。中唐诗人，"大历十才子"之一。

## 【注释】

① 这组诗共六首。汉名将李广，曾见草中石，误以为虎，射之，箭羽射入石中。这首诗便是用这典故赞美将军的英武。
② 引弓：拉弓。
③ 平明：黎明。白羽：箭。箭身粘有羽毛，故称白羽。
④ 没（mò）：隐没，指箭射入很深。棱：棱角，指坚硬的石头。

## 【汉译】

昏暗中林中草丛被一阵风惊动，

夜中狩猎的将军拉开了强弓。

清晨去寻找白色的箭羽，

利箭竟嵌入到山石之中。

## 【Translation】

In the dark woods and wind-startled grass，

The General fired a shot of his bow.

Searching the white-feathered arrow at break of day，

Deep into the crack of rock it sunk whole.

# 塞下曲（其三）

## Song of the Frontier（Ⅲ）

卢　纶

Lu Lun

月黑雁飞高，

单于夜遁逃<sup>①</sup>。

欲将轻骑逐<sup>②</sup>，

大雪满弓刀。

【注释】

① 单于（chányú）：古代匈奴的君主。遁逃：偷偷地逃跑。

② 将（jiāng）：带领。轻骑：轻装快速的骑兵部队。

---

【汉译】

夜黑得深沉，大雁飞得很高，

敌人趁着夜色仓皇逃跑。

打算派遣轻骑兵前往追杀，

鹅毛大雪落满了将士的弓和刀。

【Translation】

Wild geese flew high in the moonless sky,

The chief of the enemy escaped in the dark of night.

Cavalries were dispatched for the chase，

But the heavy snow was all over their bows and blades.

## 【内容提示】

　　这两首《塞下曲》是中唐边塞诗的佳作。第一首以夸张的射猎场面描写，形象地表现了将军的勇武。夜黑林暗，风声鹤唳，晃动的草丛中似有动静，将军一箭射出，正中目标。天亮细看，原来是一巨石，而那箭头深深没入石中。全诗紧张的氛围中弥漫着神秘的浪漫色彩。第二首则写寒夜追敌的战斗情景，表现了边防将士艰苦卓绝的战斗精神。敌军全线溃败，大军冒着漫天大雪在无月的黑夜中快马奋追穷寇，不获全胜绝不收兵。两首诗的语言极富边塞特色，字里行间充溢着令人振奋的英雄气概。

## 诗　囚

　　孟郊，中唐著名诗人，现存诗 500 余首。因仕途不顺，于是隐迹林中山间，潜心苦吟作诗。其诗遣词造句力求"瘦硬"，避免平庸，与贾岛同为"苦吟"诗人，人称"诗囚"。元好问《论诗三十首》评孟郊："东野穷愁死不休，高天厚地一诗囚。"

# 洛桥晚望①

## Evening View on Luo Bridge

### 孟　郊

### Meng Jiao

天津桥下冰初结，

洛阳陌上人行绝。

榆柳萧疏楼阁闲，

月明直见嵩山雪②。

## 【作者简介】

　　孟郊（751—814 年），字东野，湖州武康（今浙江德清）人。中唐诗人，他作诗以"苦吟"著名。

## 【注释】

　　① 洛桥：即天津桥，在洛阳西南的洛水上。

　　② 嵩山：即中岳嵩山，在河南登封市北。

## 【汉译】

　　天津桥下的水刚刚结冰，

　　洛阳的田间路上便已断了行人。

榆柳叶落枝秃伴着空荡荡的楼阁，

月光明亮，抬头便看见那嵩山的白雪。

## 【Translation】

Water begins to freeze under the Tianjin Bridge，

And pedestrians are few on the path in fields in Luoyang.

Bare branches of elm and willow are in company with vacant pavilions，

Bright moon shining，my eyes lift to view the snow on Mount Song.

## 【内容提示】

这是一幅唐诗中少有的初冬旷野图。《洛桥晚望》的诗题限定了"望"的时间和地点。因此作者便由近及远层次清晰地描绘了诗中之画：低头望桥下，洛水初结薄冰，正是初冬时节。放眼望去，路无行人，正是傍晚景象。曾几何时，翠绿繁茂的榆柳如今枝疏叶落，热闹非凡的楼阁眼下渺无人迹。气象之寒冷凋零，情怀之凄然落寞，尽含于景色描写之中。结尾一笔虽然壮阔，然而月光下覆盖着白雪的嵩山仍给人以冷寂之感。

# 游 子 吟①
## Song of the Parting Son

孟 郊

Meng Jiao

慈母手中线，
游子身上衣；
临行密密缝，
意恐迟迟归。
谁言寸草心②，
报得三春晖③？

**【注释】**

① 游子：在外作客的人。吟：诗歌的一种名称。

② 寸草：小草，这里用来比喻游子。

③ 三春晖：春天三月的阳光。这里用以比喻慈母的哺育之恩。

**【汉译】**

老母亲手拿针线上下翻动，
忙着给出门的儿子做件新衣裳。
临行之前细细密密不停地缝啊缝，
是怕儿子迟迟不能回到家中。

259

谁说区区小草似的儿女心，

能报答春光般慈母的养育之恩？

## 【Translation】

From the threads in the beloved mother's hand，

A gown is made for her parting son.

She adds more stitches before he leaves，

For fear of his belated return.

Alas，who says the grass-like young can ever repay，

The tender heart of the mother，like spring sun's warm rays?

## 【内容提示】

一首《游子吟》，牵动万人心。全诗六行，三对名句，流传千古，时时动人。作品以"手中线"化为"身上衣"的深情，以"密密缝"点出"迟迟归"的恐惧，全是凡人小事，却表现了伟大的主题——母爱。结尾两句以形象的比喻，在悬殊的对比中更突出了母爱的恩深义重，有如阳光哺育小草，区区之身何能报答慈母养育的深恩。语言虽然素淡无华却清新流畅，诗味浓郁醇美，正如苏东坡所赞扬的那样："诗从肺腑出，出辄愁肺腑。"

# 观　祈　雨①
## Watching People Pray for Rain

### 李　约
### Li Yue

桑条无叶土生烟②，

箫管迎龙水庙前③。

朱门几处看歌舞④，

犹恐春阴咽管弦⑤。

## 【作者简介】

李约（生卒年不详），字存博，陇西成纪（今甘肃天水）人。中唐诗人。

## 【注释】

① 祈（qí）雨：求雨。

② 桑条：桑树的树枝。

③ 水庙：龙王庙。

④ 朱门：红漆大门。这里指统治阶级。几处：多少处。这里是许多处的意思。

⑤ 咽：声音凝滞、不响亮。

## 【汉译】

桑树无叶干枝条，尘土飞扬灰烟飘；
笙管笛箫齐奏乐，迎龙求雨在水庙。
红漆门里富贵家，听歌看舞正逍遥；
恐怕阴天春雨降，干扰乐声兴趣消。

## 【Translation】

On mulberry trees not a leaf is seen，
Dusty ground，such there has never been.
Before the temple，instruments are played，
To the Dragon King they pray for rain.
In red mansions，dancing and singing the nobles enjoy，
Not expecting rain that dulls the tone of the strings.

## 【内容提示】

　　"祈雨"即"求雨"，这是农民在旱灾面前无计可施所举行的祈祷活动。这首诗便是写作者观看求雨时的所见所想，在穷苦的农民与富裕的豪门两种不同生活场面的强烈对比中突出表现了唐代社会尖锐的阶级矛盾。第一句以简练的语言描写了旱情的严重："桑条无叶土生烟"，这是求雨的原因。第二句渲染求雨的盛况，在强烈的乐器声中人们聚集在龙王庙前祈求龙王降雨。三、四两句笔锋大转，突然出现了一幅极不谐调的画面："朱门几处看歌舞"，这些不顾人民死活的富人们不仅不希望下雨，反而担心下雨会使管弦受潮变音而影响娱乐。十分强烈的对比描写，尽显诗人的言外之意。

# 戏题山居

## Impromptu on My Mountain Abode

陈　羽

Chen Yu

云盖秋松幽洞近<sup>①</sup>，
水穿危石乱山深。
门前自有千竿竹，
免向人家看竹林。

**【作者简介】**

陈羽（约 753—?），江东吴县（今江苏苏州一带）人。中唐诗人。

**【注释】**

① 盖：遮蔽，掩盖。这里是"笼罩"的意思。

---

**【汉译】**

云雾笼罩着秋松和幽深的山洞，
泉水通过乱石向险峻的山间延伸。
门前自己种下了千竿翠竹，
再不用去别人家欣赏竹林。

## 【Translation】

The autumn pines and deep caves are shrouded by mist，
The spring is running down the steep mountain through pebbles.
Almost one thousand bamboos are planted in front of my door，
To admire those of my neighbors I need no more.

## 【内容提示】

一、二句是一副对子，以对仗工整的诗句描绘了深山、古洞、苍松、山溪的画面。这幅全景图气氛幽冷深邃，表现出一种隐居山林的清高情怀。后两句具体写居处，突出一个"竹"字，以表明主人公独处陋室的生活情趣，"免向人家"点出抒情主人公离群索居的心态，同时呼应诗题。

# 夜到渔家

## Nightfall at a Fisherman's Hut

张　籍

Zhang Ji

渔家在江口，潮水入柴扉①。

行客欲投宿，主人犹未归。

竹深村路远，月出钓船稀。

遥见寻沙岸②，春风动草衣。

## 【作者简介】

张籍（约 767—约 830 年），字文昌，吴郡（今江苏苏州）人，生长在和州乌江（今安徽和县）。中唐诗人，白居易的诗友，杜甫的推崇者和继承者。

## 【注释】

① 柴扉：柴门。

② 寻：沿着。

## 【汉译】

渔家住在江附近的岸口，

一涨潮水就会流进柴门。
路过的行人要在这投宿，
可是主人还没回到家中。
小路遥遥伸向竹林深处，
月亮升起江上渔船渐稀。
忽然看见不远处江岸沙滩上，
春风吹动着渔家身披的蓑衣。

## 【Translation】

By the estuary is located the fisherman's hut，

And the rising tide has reached its brushwood gate.

The journeyer's seeking a shelter for the night，

Only to find the owner delayed.

Waiting by the solitary bamboo grove and the winding village path，

Until the moon is out，shining upon the fishing boats on the river sparsely afloat.

Seen from afar，the fishermen are on the sandbar，across the river，

Their straw cape fluttering in spring breeze.

## 【内容提示】

　　这首写渔民劳作和生活的诗篇是以作者亲身经历的形式表现的，不仅显得真实亲切，而且很富有人情味。春日傍晚，诗人行至江畔，欲投宿渔家，然而眼前的景色却是陋室无人，江潮入门。诗人无处可去，只得徘徊江岸耐心等待。但见竹林掩蔽，荒村路暗，待到新月出现，朦胧的江面上已经渔船稀少。正在沙岸上徘徊出神，忽见晚风吹处蓑衣飘动，啊，这是主人回来了。全诗语

言浅近流畅，活泼清新，写景如画，情蕴景中。但见月升船稀、天色渐晚时的焦虑，忽见渔家披着蓑衣从晚风中渐行渐近的身影时的惊喜，字端虽不见半字焦急惊喜，但深蕴在字里行间的诗人情绪变化却跃然纸上。

# 野　老　歌[1]

## The Old Peasant

张　籍

Zhang Ji

老农家贫在山住，耕种山田三四亩。
苗疏税多不得食[2]，输入官仓化为土[3]。
岁暮锄犁傍空室[4]，呼儿登山收橡实[5]。
西江贾客珠百斛[6]，船中养犬长食肉。

**【注释】**

① 野老：山野里的老翁，即山农的意思。

② 苗疏：庄稼长得稀稀疏疏。

③ 输入：运送。官仓：官府收藏税谷的仓库。

④ 岁暮：年底。傍空室：侧靠在空屋子里面。

⑤ 橡实：即橡树的果实，也叫橡子，拇指大小，果仁带苦味，勉强可以充饥。

⑥ 西江：指现在的江西九江一带。贾（gǔ）客：指商人。珠百斛：形容珠子很多。斛（hú）：古代量米用的量器。一斛可容纳五斗。

---

**【汉译】**

一位贫穷的老农住在山里，
有三四亩山地每年勤劳耕种。

收的粮少交的税多哪还有剩米吃，
交入官仓的粮食却堆放成了烂泥。
年底把锄头犁杖靠在空空的家中，
还得领儿子上山拾回橡子来充饥。
西江的富商家中珍珠财宝多得很，
他们船中养的狗都经常把肉吃。

## 【Translation】

In the hills lives a poor old peasant，
Farming a few patches of hilly land.
Sparse his crops，many the taxes，and he is haunted by hunger，
While grain in the state granary is turning to dust.
At the year's end he has only ploughs and hoes in his home，
So he takes his son up the mountain to collect acorns.
The merchant from the west of the river has hundreds of bushels of pearls，
Even the dog in his boat on meat daily feasts.

## 【内容提示】

这首诗直接以爱憎分明的笔调描写山区农民辛勤劳作，惨遭盘剥以至于"不得食"的悲惨遭遇。它表现了唐朝盛期繁荣背后的尖锐矛盾和社会黑暗面。一方面是"苗疏税多不得食"，一方面则是"输入官仓化为土"；一方面是"呼儿登山收橡食"，一方面则是"船中养犬长食肉"。诗人用鲜明的对比表达内心的愤懑之情。语言平易近乎白话，富有民歌之风。

# 秋　　思

## Autumn Thoughts

张　籍

Zhang Ji

洛阳城里见秋风，
欲作家书意万重。
复恐匆匆说不尽①，
行人临发又开封②。

【注释】

①复：又。

②行人：指托捎家书的人。临发：临出发。开封：又把信拆开，看看有什么漏写了没有。

【汉译】

洛阳城里刮起了阵阵秋风，
想写封家书却思绪万千重。
又怕匆忙中没能把话说完，
捎信人刚要出发又拆开补充。

## 【Translation】

Here in Luoyang as I felt the autumn wind，
I longed to write home，with a myriad of thoughts in my mind.
Fearing that in haste something was left out，
I broke the seal ere the messenger set out.

## 【内容提示】

思乡之作仅在唐诗中便可车载斗量，但这一首却是构思奇巧，描绘细腻，写法别具一格。作者选择的是十分平常的托人捎带家信的细节，并作了细致而简练的生动描绘。秋风令人思乡，千言万语不知从何说起，好不容易一挥而就，行人将出发之时又匆匆把信拆开，急切补充书写"说不尽"的话语。全诗本色平淡，笔墨极简却富有写实叙事的特点，言简意赅，曲尽情悰，令人神思难平。王安石有两句著名的哲理性读后感："看似寻常最奇崛，成如容易却艰辛。"这是深得张籍作品真谛的评语。

# 十五夜望月寄杜郎中<sup>①</sup>

## Gazing at the Mid-Autumn Moon

### 王　建

### Wang Jian

中庭地白树栖鸦，

冷露无声湿桂花。

今夜月明人尽望，

不知秋思落谁家<sup>②</sup>。

## 【作者简介】

　　王建（约 767—约 830 年），字仲初，许州（今河南许昌）人。中唐诗人。和张籍是好友，乐府诗与张籍齐名，有"张王乐府"之称。

## 【注释】

　　① 十五夜：指中秋节夜晚。郎中：官名。
　　② 秋思：秋天里的心绪。

---

## 【汉译】

　　庭院里洒满月光，

树上栖息着乌鸦；

秋天冰冷的露水，

无声地打湿了桂花。

今晚的月儿格外明亮，

人人抬头都能望见它；

却不知秋天的愁思，

今日又落到谁的家。

## 【Translation】

In the moon-lit courtyard，crows sleep on trees，

Cold dews soak the osmanthus blooms in silence.

Ah，the moon is so bright we all see，

Who is pondering over his autumn melancholy at home?

## 【内容提示】

此诗为咏中秋的名篇。一、二句以近乎白描的笔法描写中秋夜景。清冷的月光洒在院中，一片洁白，使人"疑是地上霜"。"树栖鸦"则烘托出月夜的宁静，倦鸟归林。"冷露无声湿桂花"一句写得轻盈幽远，引人联想，夜晚冰凉的露水打湿了飘香的桂花，桂花遭秋露，赏中秋月的诗人心情又能怎样呢？第三句虽平平点出"千里共婵娟"的景象，然而这是在为"不知秋思落谁家"出人意料之尾声先做了铺垫，从侧面抒发了怀念亲人的深切感情。这首诗想象力丰富，具有极强的代入感和浪漫色彩，把中秋思亲的情怀表现得委婉动人。

# 渔 歌 子
## A Fisherman's Song

张志和
Zhang Zhihe

西塞山前白鹭飞①，
桃花流水鳜鱼肥②。
青箬笠，绿蓑衣③，
斜风细雨不须归。

## 【作者简介】

张志和（生卒年不详），字子同，金华（今浙江金华）人。别号"烟波钓徒"。

## 【注释】

① 西塞山：在今浙江吴兴西。

② 鳜（guì）鱼：又叫桂花鱼，大口细鳞，肉味鲜美。

③ 箬（ruò）笠：用竹子叶做成的雨帽。

## 【汉译】

西塞山前白鹭鸟在飞翔，

桃花水满鳜鱼肥美。

头戴青竹笠，身穿绿蓑衣，

在斜风细雨中垂钓，乐而忘归。

**【Translation】**

In front of western hills the white egrets are flying,

Where peach trees blossom, water flows, and the mandarin fish grow fat.

In my broad-brimmed hat blue-green, and my cape the green of grass,

I'm the fisherman not going home despite the breeze and fine rain.

---

**【内容提示】**

诗中描绘的是在一幅风光绮丽的春色中，主人公忘情地垂钓江边的情形。头两句既是交代又是写景，在"桃花水"下来的早春季节，水鸟纷飞，鳜鱼肥美，正是垂钓的大好时节。后两句则描绘了垂钓者与大自然融为一体，陶醉其中而忘记归家的情景。整个画面散发出一种热爱自然、不落流俗的高雅氛围。

# 晚　春
## Late Spring

韩　愈

Han Yu

草树知春不久归，
百般红紫斗芳菲①。
杨花榆荚无才思，
惟解漫天作雪飞②。

## 【作者简介】

韩愈（768—824 年），字退之，河阳（今河南孟州）人。他是唐代著名诗人和散文家。

## 【注释】

① 芳菲：指花草芳香，繁茂。
② 惟解：只知道。

---

## 【汉译】

也许花草树木知道春天就要去了，
百种鲜花怒放好像在争比谁香谁美。

杨絮榆钱儿没有能力与众花相比，
只知道像雪花一样漫天飘飞。

## 【Translation】

Spring is on the way out，grass and plants know—
In red and purple they strive to make it stay.
Elms and poplars，not so gifted they sigh，
Their seeds drift like on a snowy day.

## 【内容提示】

这是惜春小品中的名篇。

晚春时节，连花草树木都似乎怕"春去也"，于是竞相开放，吐艳争芳，把春色装点得更浓。而与万紫千红的百花相比，那"无才思"的杨花、榆钱儿也来凑热闹，随风飞舞，实在是有些大煞风景。景中有情，意在言外，人生舞台的竞争岂不亦然！蕴含于平凡景物中的生活哲理实在是耐人寻味。

# 春　雪
## Snow in Spring

韩　愈

Han Yu

新年都未有芳华，
二月初惊见草芽<sup>①</sup>。
白雪却嫌春色晚，
故穿庭树作飞花<sup>②</sup>。

**【注释】**

① 草芽：草木发芽。
② 故：故意。

---

**【汉译】**

新年都还没有芳香的鲜花，
二月初却惊喜地看见那嫩绿的草芽。
白雪似乎觉得春色来得太晚，
故意蹿上树端化作朵朵飞花。

**【Translation】**

The new year sees no flowers in bloom，

But in early second lunar month I am surprised by the sprouting grass.

Is the snow vexed by the belated spring colors?

Lo，it darts among the courtyard trees to fashion flying petals.

## 【内容提示】

用雪喻花，这在诗中常见，而韩愈这首诗中的"雪花"却别有情趣。当人们等待着迟到的春色，并为星点初现的草芽而惊喜的时候，白雪却等不及了，将自己化作朵朵春花，装点出一派春色。将白雪拟人化后，整个意境顿生异彩，使得一个冷清的初春立刻变得春意盎然。诗人对春雪的刻画自然而别有新意。

# 早　春
## Early Spring

### 韩　愈
### Han Yu

天街小雨润如酥①，
草色遥看近却无。
最是一年春好处，
绝胜烟柳满皇都②。

## 【注释】

① 天街：皇城里的街道。酥：奶油。
② 绝胜：大大超过。皇都：指长安。

## 【汉译】

皇城的大街上下着绵绵春雨，
像奶油一样滋润着大地。
远远望去地上一片淡绿，
近前细看却又消失了踪迹。
早春是一年最好的时刻，
远胜过烟柳满皇城的春末。

## 【Translation】

The royal streets are moistened by a creamlike rain，
Green grass is perceived afar but sparsely seen nearby.
It is the best time of a year，and late spring vies in vain，
When the capital is veiled in willow green.

## 【内容提示】

写早春景色，须抓住典型形象精心描绘，此诗作者只写春雨"润如酥"的意境，便把"绝胜烟柳满皇都"的早春写得淋漓尽致，引起人们无限遐想和由衷叹服。在如丝绵密的春雨中，远近草色似有若无，于朦胧之中饱蕴着美景和深情。写足了眼前春雨之美，紧接着再虚拟对比极力夸赞眼前早春之美，"绝胜"皇都"烟柳"就显得顺理成章，水到渠成了。

# 农 父<sup>①</sup>
## The Old Peasant

张 碧

Zhang Bi

运锄耕劚侵星起<sup>②</sup>，
陇亩丰盈满家喜<sup>③</sup>。
到头禾黍属他人，
不知何处抛妻子。

## 【作者简介】

张碧（生卒年不详），字太碧，中唐诗人。

## 【注释】

① 农父：年老的农民。

② 劚（zhú）：锄头。侵星：清早星未落的时候。

③ 陇亩丰盈：田里庄稼长得好。

---

## 【汉译】

天还没亮就开始挥锄铲地，
庄稼丰收在望全家齐欢喜。

到秋后禾黍却都要归别人，

还不知道妻离子散在哪里。

## 【Translation】

Toil on the fields is started under the last stars，

At the fully-grown crops the whole family rejoices.

Alas! The harvest is gone with the authorities，

Where to put the wife and children so that they survive?

## 【内容提示】

此诗是以几乎白描的笔墨直写农民的艰苦劳作和悲惨生活，表现了唐代农民与统治阶级的深刻矛盾和尖锐对立，字里行间充满了作者对人民苦难的同情和对统治者的怨愤。

# 酬乐天扬州初逢席上见赠①

## A Reply to the Poem by Bai Juyi Composed upon Our First Meeting at a Banquet in Yangzhou

### 刘禹锡

### Liu Yuxi

巴山楚水凄凉地②，二十三年弃置身③。
怀旧空吟闻笛赋④，到乡翻似烂柯人⑤。
沉舟侧畔千帆过，病树前头万木春。
今日听君歌一曲，暂凭杯酒长精神⑥。

## 【作者简介】

刘禹锡（772—842 年），字梦得，洛阳（今河南洛阳）人。中唐时代优秀的诗人。白居易称他为"诗豪"。

## 【注释】

① 唐敬宗宝历二年（826 年），刘禹锡从和州返回洛阳，途经扬州遇到白居易，白居易在筵席上写了一首诗赠给他，他便写了这首诗酬答。乐天，白居易的字。

② 巴：四川。

③ 弃置身：被丢在一旁的人。指被贬官不用。

④ 旧：老朋友。闻笛赋：指向秀的《思旧赋》。向秀是嵇康的好友。嵇康被司马氏杀害后，向秀曾经过山阳嵇康的旧居，听见有吹笛声，勾

起他对过往的思念，就写了《思旧赋》。

⑤ 烂柯人：指恍如隔世之人。

⑥ 凭：凭借。

---

## 【汉译】

在巴山楚水这凄凉的地方，

我遭遇贬谪度过了二十三年。

怀念过去只能空吟《思旧赋》，

回到家乡后恍如隔世之人。

沉船的旁边仍有千帆竞渡，

枯树的前面可见万木争春。

今天听您唱上一曲，

暂借杯中的美酒增添精神。

## 【Translation】

The lands of Ba and Chu，so forlorn in space，

For twenty-three years，I have been left to this place.

Missing my old friends I have chanted *The Song of Memory* alone，

But even with homecoming，everything I hold dear to has already gone.

Besides the wreckage a thousand ships shall arrive，

And despite the sick old tree thousands of new ones will thrive.

My spirit is rekindled with the song you sing today，

And now with this cup of wine my courage shall stay.

## 【内容提示】

　　这是唐诗中颇具代表性的酬答之作，其中的"沉舟侧畔千帆过，病树前头万木春"是千古流传并广为所用的名句。

　　头两句写被贬斥"凄凉地"的时间和地点，那充满凄凉的穷山恶水及漫长的二十三年令人既同情又为之鸣不平。中间四句则集中笔墨抒发感慨，旧地重归恍如隔世，物是人非，被冤案断送了美好年华怎不令人悲鸣。然而作者在长期磨难中历练了坚强的个性与达观的胸怀。自己虽如沉舟，但可看见千帆竞发；自己虽为病树，也还有万木在争春。结尾二句既写出对挚友的情意又表现了积极向上，不向坎坷屈服的精神，格调是高昂的。全诗虚实并举，感情饱满，笔力豪壮。

# 秋词（其一）

## The Autumn Songs（Ⅰ）

刘禹锡

Liu Yuxi

自古逢秋悲寂寥①，
我言秋日胜春朝②。
晴空一鹤排云上③，
便引诗情到碧霄④。

## 【注释】

① 寂寥：寂寞凄凉。
② 胜春朝：胜过春天的早晨。
③ 排云上：冲破云雾，凌空直上。
④ 碧霄：晴朗的蓝天。

## 【汉译】

自古文人逢秋便悲叹它寂寞凄凉，
我却说秋天比春天还要美好。
晴朗的天空上一只鹤在振翅翱翔，
我的诗情伴随它飞到了九霄。

【Translation】

Amid all the laments about autumn's bleakness，
I declare this season outshines spring's vividness.
In clear skies，a crane cuts through the clouds with an airy flight，
And carries my poetic spirit to realms of light.

---

【内容提示】

这是一首与众不同，别开生面的秋兴诗。自古以来，文人墨客多是借写秋色而抒发悲凉没落之情，而刘禹锡毕竟是"诗称国手"（白居易语），以高格调写出"我言秋日胜春朝"的诗句。后两句则写鹤腾晴空上碧霄的独特画面，从而使"胜春朝"之语落到了实处，表现了作者虽遭坎坷仍对人生的未来充满信心的豁达胸怀。

# 竹枝词①（其一）

## The Bamboo Songs（Ⅰ）

刘禹锡

Liu Yuxi

杨柳青青江水平，

闻郎江上唱歌声。

东边日出西边雨，

道是无晴却有晴②。

## 【注释】

① 竹枝词：巴、渝（四川重庆一带）民歌的一种。

② 晴：与"情"谐音，隐含了"情"的意思。无晴：即"无情"的谐音，有晴：即有情。

---

## 【汉译】

杨柳青翠，江水平静，

江上传来他的歌声。

东边出了太阳，西边却在下雨，

要说没晴（情）却又有晴（情）。

## 【Translation】

By the serenity of the river, the green willows swing,

In the middle of the water，his singing rings.

To the west it's raining，but in the east the sun begins to shine in glee，

I think he cares about me but his feelings I'm unable to see.

## 【内容提示】

　　这是一首模拟民间情歌的成功之作，显示了作者对民歌的熟悉和热爱。这种诗在唐代文人诗中还是不多见的。首句直写江畔春色；第二句则在视觉环境中又听到了优美的情歌声，在迷人春色中传来，写得清新鲜活，意境悠远；后两句则以谐音的双关语构成绝妙的比喻，把恋人间痴情、疑虑和喜悦等复杂微妙的情感表现得淋漓尽致。

# 浪　淘　沙
## The Washing Waves

刘禹锡

Liu Yuxi

日照澄洲江雾开①，
淘金女伴满江隈②。
美人首饰侯王印，
尽是沙中浪底来。

【注释】

① 澄洲：清澄的沙洲。
② 江隈（wēi）：江水曲折处。

【汉译】

太阳照耀着清澄的沙洲，
江面上的雾气渐渐消散；
成伙结伴的淘金姑娘，
布满了这清晨的江湾。
那美女们佩戴的首饰，
那王侯们使用的金印，
每样都是从江底泥沙中淘出来的。

## 【Translation】

Sunshine clears the mist on the islet so fair，

Gold-washing ladies fill the river bend as it can bear.

The ornaments of beauties and noblemen's seals，

Were once granules of gold，under the waves and sands they conceal.

---

## 【内容提示】

这是一首题材新颖、立意高远的诗篇。

淘金女子的艰苦劳作和悲惨命运在作者笔下形象生动地展现在读者面前：朝阳刚刚驱散江面上的朦胧晨雾，淘金女已经在江湾里辛勤淘金了。虽然并没具体描写劳动过程，但那艰险是可想而知的。后两句则跳出劳动场面，揭示了生产者不能占有劳动产品的不合理的社会现实，从而增强了诗歌的思想性。

# 再游玄都观

## A Revisit to the Xuandu Taoist Temple

刘禹锡

Liu Yuxi

百亩庭中半是苔①，
桃花净尽菜花开。
种桃道士归何处②？
前度刘郎今又来③。

## 【注释】

① 苔：青苔。

② 归何处：到哪里去了？

③ 前度：前一次。

## 【汉译】

宽大的庭院里长了半院子青苔，
桃花都凋谢了，菜花一片片在开，
种桃的道士去哪里了？
从前的刘郎今天又回到这儿来。

## 【Translation】

Mosses take over half of this hundred-acre place，
Peach blossoms are gone and wild flowers fill the space.
I wonder where that peach-planting Taoist is gone.
But after a long parting I now return.

## 【内容提示】

此诗以桃花的兴衰比喻人世沧桑，写得含蓄蕴藉，感情充沛。十四年前作者因写看花诗讽刺权贵而遭贬，那时玄都观中桃花浓艳。而今重返长安观中却荒无人迹，桃树也荡然无存。然而遭贬的诗人却坚强地生存了下来，并准备更勇敢地向恶势力挑战。通篇比拟，意在言外，发人深思。

# 乌　衣　巷①
## The Black-Attire Lane

刘禹锡

Liu Yuxi

朱雀桥边野草花②，
乌衣巷口夕阳斜。
旧时王谢堂前燕③，
飞入寻常百姓家④。

## 【注释】

① 乌衣巷：在今南京市东南，秦淮河的南面，离朱雀桥很近。

② 朱雀桥：在南京市的秦淮河上。

③ 王谢：指东晋时的王导和谢安两家。他们是当时贵族的领袖，势力很大。

④ 寻常：普通。

## 【汉译】

朱雀桥边满是野草野花，
乌衣巷口已经是夕阳西下。
从前贵族楼前的燕子啊，
如今飞进了平民百姓家。

# 【Translation】

Wild flowers bloom by the Vermilion Bird Bridge with grace，
The sun sets on the Black-Attire Lane with golden rays.
Once in front of the Wang and Xie families' halls the swallows nested，
Now beneath the roofs of humble homes they rest.

---

# 【内容提示】

这是怀古名篇。通过南京秦淮河上朱雀桥乌衣巷的变迁，抒发了时过境迁、今非昔比的感慨。一向行旅繁忙的朱雀桥畔，如今长满野草野花，夕阳的余晖惨淡地洒在寂寥的乌衣巷口，烘托出衰败、冷落的气氛。接下来虽然是正面描写乌衣巷的变化，但也并非直接描写，而是选择了春归燕飞入百姓之家而不入昔日豪绅之门作为典型形象，抒写了作者对沧海桑田之变的慨叹。诗人将感慨深藏在景物描写之中，读来余味无穷，发人深思。

## 诗　魔

　　白居易，唐代伟大的现实主义诗人，一生留下 3 800 余首诗。他在中国文学史上享有盛名且影响深远。白居易自己说道："酒狂又引诗魔发，日午悲吟到日西。"在诗歌创作上完全痴迷到了狂魔状态，虽有超人的才华，却依然十分刻苦。过度的诵读和书写竟然使口舌生疮，手指磨出老茧，未老却已是满头白发，所以被人称为"诗魔"。

# 夜　雨

## A Night Rain

### 白居易

### Bai Juyi

早蛩啼复歇<sup>①</sup>，
残灯灭又明。
隔窗知夜雨，
芭蕉先有声。

## 【作者简介】

白居易（772—846 年），字乐天，号香山居士，又称白香山、白傅或白太傅，下邽（今陕西渭南）人。

## 【注释】

① 蛩（qióng）：蟋蟀。

---

## 【汉译】

早醒的蟋蟀在那儿叫叫停停，
将熄灭的油灯又放出了光明。
隔着窗户就已知道夜雨的降临，
因为窗外传来了雨打芭蕉声声。

## 【Translation】

The early cricket chirps, then pauses its call,
The dim lamp fades, then brightens up once more.
Separated by the window I can tell the night rain falls,
Banana leaves rustle, before it hits the soil.

## 【内容提示】

这首诗描写了一个凄凉的雨夜：蟋蟀叫叫停停，残灯忽明忽灭，窗外传来雨打在芭蕉叶上的噼啪声，抒发了作者愁苦的心境。以蕉叶雨声写愁绪，就是从白居易的这首诗开始的。

# 遗 爱 寺①

## The Yiai Temple

白 居 易

Bai Juyi

弄石临溪坐②，
寻花绕寺行。
时时闻鸟语，
处处是泉声。

【注释】

① 遗爱寺：在今庐山香炉峰下。

② 弄：赏玩。

【汉译】

坐在河边观赏流水玩赏石子，
环绕寺庙沿着小路寻花前行。
鸟儿叫声声脆响在耳边，
泉水叮叮咚咚回荡空中。

【Translation】

Sitting by the creek I appreciated the pebbles,

To admire the flowers I followed the path around the temple.

The singing of birds rang in my ears，

And the bubbling springs could be heard in the air.

---

## 【内容提示】

这首庐山风光小品写得浅近清新，形象生动。四句五言俨然是两副对联，文字极工，构思奇巧。"弄石""寻花"的去处是"临溪"和"绕寺"，从而把寺周围景色描写出来。而时时传来的鸟语、泉声更显得环境的幽静和富有生气。鸟语、花香、曲径、寺庙、泉水叮咚，有声有色，动静相宜，画面自然幽深，宛如脱俗仙境，令人向而往之，很有代入感。

# 卖 炭 翁

## An Old Charcoal Seller

### 白居易

### Bai Juyi

卖炭翁，伐薪烧炭南山中<sup>①</sup>。

满面尘灰烟火色，两鬓苍苍十指黑<sup>②</sup>。

卖炭得钱何所营<sup>③</sup>？身上衣裳口中食。

可怜身上衣正单，心忧炭贱愿天寒。

夜来城外一尺雪，晓驾炭车辗冰辙<sup>④</sup>。

牛困人饥日已高，市南门外泥中歇。

翩翩两骑来是谁<sup>⑤</sup>？黄衣使者白衫儿<sup>⑥</sup>。

手把文书口称敕<sup>⑦</sup>，回车叱牛牵向北。

一车炭，千余斤，宫使驱将惜不得<sup>⑧</sup>。

半匹红纱一丈绫<sup>⑨</sup>，系向牛头充炭值<sup>⑩</sup>！

## 【注释】

① 伐薪：砍柴。

② 苍苍：花白的颜色。

③ 何所营：作什么。

④ 辗（niǎn）：压。辙：车轮在路面上压出的痕迹。

⑤ 翩翩（piān）：轻快的样子。两骑：两个骑马的人。

⑥ 黄衣使者白衫儿：宫廷办货的使者，一个穿黄衣，一个穿白衫。

⑦ 敕（chì）：皇帝的命令。

⑧ 驱将：赶去。惜不得：爱惜不得，意思是舍不得又没办法。

⑨ 绫（líng）：轻而薄的丝织品。

⑩ 充炭值：作为炭的价钱。

## 【汉译】

有位卖炭的老翁，

整日砍柴烧炭在南山中。

灰尘满脸成烟火色，

两鬓花白十指漆黑。

卖炭挣钱他用做什么？

为了肚能吃饱身穿暖和。

可怜老翁穿着单薄的衣裳，

却担心炭贱盼望着天气寒冷。

昨夜城外下了场大雪，

清早他便驾着炭车踏着冰雪启程。

牛困人饥饿，太阳出来了，

在市场门外的泥地里暂且安歇。

两个威风凛凛的骑马人是谁？

那是皇室衣冠楚楚的采买者。

他们手拿公文说是皇帝的旨意，

掉过车头高声赶牛向皇宫走去。

一车炭有千余斤，

因为宫使抢走，老翁便无可奈何。

他们仅留下半匹红纱一丈丝绸，

挂在牛头上就算一车炭的价钱。

# 【Translation】

There's an old man who sells the charcoal,

He cuts the wood and in Southern Mountains he burns them into charcoal.

Covering by dust, his face is dark made by the smoky flame,

His sideburns are grey, and black with smoke his fingers became.

How is he going to use the money earned with his charcoal selling?

To get the clothes to wear and to calm his stomach ever so starving.

The clothes he wears is thin, yet he hopes the weather is colder,

So that the selling price for the charcoal could be higher.

A snow of one-foot high fell last night,

And he set out with the cart on the icy road at early daylight.

The man is hungry and the ox is tired by midday,

To get rest, on muddy ground outside the market of south gate they stay.

Who are those two men, in great attires and on horses they ride?

Those are a eunuch and his attendant who arrive.

They hold a document in their hands that claims to be the order from the emperor,

Then drive the ox toward the palace according to the order.

A thousand catties does the cart of charcoal weigh，

And the old man hates to give it away.

Half a bolt of yarn and one-zhang of thin silk are the only price that's given，

That is the payment they fasten to the neck of the ox.

## 【内容提示】

宫市，就是当时皇帝派宦官到市上采购货物，实际上就是公开掠夺百姓财物的一种方式。这首诗通过一个卖炭老翁的遭遇反映了宫市给人民带来的苦难，揭露和控诉了宫市制度这一暴政，表现了白居易对劳动人民的深切同情。朴实无华的语言，客观叙述的方式，让人直视人民的疾苦、宫市制度的残忍，更加凸显了阶级的矛盾、社会的不公。

# 赋得古原草送别①

## A Farewell at the Plain

### 白居易

### Bai Juyi

离离原上草②，一岁一枯荣。

野火烧不尽，春风吹又生。

远芳侵古道③，晴翠接荒城④。

又送王孙去⑤，萋萋满别情⑥。

## 【注释】

① 赋得：古人写诗，有时是根据预先规定的题目内容来写作的。"赋得"就是根据指定的题目写诗。此诗指定的题目是"古原草"，所以诗人写古原上的野草用以表达离别之情。

② 离离：长而下垂。

③ 远芳：伸向远方的一片野草。侵：侵占、吞没。

④ 晴翠：阳光照射下的翠绿野草。

⑤ 王孙：贵族，泛指游子。这里指诗人送别的朋友。

⑥ 萋萋（qī）：草茂盛的样子。

## 【汉译】

茂密的野草长满了旷野，

每年它秋天枯萎春天繁荣。

熊熊烈火不会把它烧尽，
春风吹拂它又萌芽重生。
野草蔓延掩没了古老的道路，
翠绿茂盛连接着荒芜的城墙。
又一次送我的老朋友去远游，
青草似乎也充满了离别之情。

## 【Translation】

On the plain the grasses thrive，

Both withering and green appear in their one-year lives.

Wild fires are unable to burn them dead，

With spring breeze new grasses will grow from the bed.

Wild grasses break the boundaries of the ancient road，

And all the way to the deserted walls the fresh green flow.

Again to my old friend I bid farewell，

And the grasses seem to be sad as well.

## 【内容提示】

据说这首诗是白居易十五岁时写的，是应试的习作。它通过对古原草的繁茂、具有顽强生命力的描写，表达了与朋友分别时那无限的离愁别绪。每片草叶都饱含别情，离愁如同春草绵绵不绝。诗中"野火烧不尽，春风吹又生"两句成为流传千古的名句。

# 村　夜
## The Night of a Village

白居易

Bai Juyi

霜草苍苍虫切切<sup>①</sup>，
村南村北行人绝。
独出前门望野田，
月明荞麦花如雪。

**【注释】**

① 霜草：泛指秋天的草。切切：虫鸣细碎的声音。

**【汉译】**

结霜的草丛中秋虫鸣叫声声，
乡村的路上已断了行人的踪影。
独自走出家门瞭望田野，
月光下的荞麦花犹如一片白雪。

**【Translation】**

The grasses are frosted with insects humming inside，

Not a traveler is seen on the road.

Going out alone to look far towards the fields，

Under the moonlight，buckwheat flowers are as white as the snow.

---

## 【内容提示】

这首诗用白描的手法，描绘出一幅乡村秋夜图。前两句写秋夜的凄清、萧瑟，流露出诗人寂寞的心情。后两句转而展示了出家门"月明荞麦花如雪"的动人景色，被这美景感染了的诗人暂时忘却了孤寂，情不自禁地发出赞叹。这首诗借自然景色的变化写出了诗人内心情感的起伏，朴实无华，清新恬淡。

# 大林寺桃花
## Peach Blossoms of Dalin Temple

白居易

Bai Juyi

人间四月芳菲尽①，
山寺桃花始盛开。
长恨春归无觅处②，
不知转入此中来。

## 【注释】

① 芳菲：泛指花草。
② 觅（mì）：寻找。

## 【汉译】

四月里别处的花都凋谢了，
大林寺的桃花却刚刚盛开。
常遗憾春天走了再也没地方寻找，
却不知道她悄悄转移到这里来。

## 【Translation】

For most of the blooms，late spring is the end of the show，

But in this mountain temple，peach blossoms just begin to glow.

I am sorry for the departure of spring，and she leaves without leaving signs，

But here the spring is still in her prime，above the earth she shines.

---

## 【内容提示】

大林寺在庐山，这首诗是诗人游览山寺后写的。诗人登山时是夏天，正是春尽花落时节，但是在大林寺却出乎意料地遇到了桃花盛开，尽现一片春色。这首诗写出了作者感情和思绪上的变化：由叹息春已逝去又无处寻觅的惆怅，进而发现春光躲藏处的惊喜，流露出诗人对春光的无限热爱、留恋之情。诗写得平淡自然，然而意境深邃。

# 暮 江 吟

## Ode to the Twilight River

白居易

Bai Juyi

一道残阳铺水中，
半江瑟瑟半江红①。
可怜九月初三夜②，
露似真珠月似弓③。

## 【注释】

① 瑟瑟：淡碧绿色。
② 怜：爱。
③ 真珠：即珍珠。

## 【汉译】

落日的余晖普照在江水中，
江面呈现出一半碧绿一半殷红。
多可爱的九月初三的夜晚啊，
露滴像晶莹的珍珠，
月亮像挂在半空的弯弓。

## 【Translation】

The river was lit by the afterglow,
Half of the water was azure, and half aglow.
The night of the third of the ninth month was lovely,
Dews were like pearls under the bow-like moon.

## 【内容提示】

这首诗描绘了一幅景色奇丽、色彩鲜明的秋江图。前两句写傍晚，夕阳洒入江中呈现出艳丽的色彩；后两句写夜幕降临后，草上露珠晶莹，弯弯的新月悬挂在墨蓝的夜空，展示了更为美好的境界。从中可以使我们感受到诗人的沉醉和喜悦，以及诗人对宁静、和谐、清新的大自然的热爱之情。

# 钱塘湖春行①

## A Spring Outing to the Qiantang Lake

### 白居易

### Bai Juyi

孤山寺北贾亭西②，水面初平云脚低③。

几处早莺争暖树，谁家新燕啄春泥。

乱花渐欲迷人眼，浅草才能没马蹄。

最爱湖东行不足④，绿杨阴里白沙堤⑤。

## 【注释】

① 钱塘湖：即杭州西湖。

② 孤山寺：孤山在西湖的后湖与外湖之间，山上有寺，名叫孤山寺。
贾亭：贞元中，贾全任杭州刺史时，在西湖建筑一亭，名叫贾亭，后废。

③ 云脚：就是云彩。

④ 行不足：游不够。

⑤ 白沙堤：即白堤。在西湖东，可通往孤山。

## 【汉译】

孤山寺的北边贾亭之西，

春雨漫平了湖面，云彩飘得特别低。

早来的黄莺飞上飞下争夺着向阳的树枝，

谁家的燕子正在河边衔着春泥。

315

百花竞相开放使人眼花缭乱，

青青的小草刚刚能遮没马蹄。

我最喜爱湖东的景色，它使人流连忘返，

那绿杨浓荫下的白沙堤让人心旷神怡。

## 【Translation】

To the west of the Jia Pavilion and to the north of Gushan Temple，

The clouds hang low as the water surface and the shore begin to level.

Some early yellow orioles are contending for the sunny trees，

And the young swallows from unknown houses are carrying spring earth with glee.

Thousands of flowers about to bloom are bound to dazzle tourists' eyes，

While the new grasses are just able to cover the hooves in their current size.

The east shore of the lake is always enchanting no matter how many times I go，

I love the Baisha Causeway under the willows' green shadow.

## 【内容提示】

白居易任杭州刺史期间，西湖四季的美景激起了他的诗兴，写下了不少描写西湖的诗，这是其中的一首。这首诗处处紧扣环境和季节特征，选择典型的事例，生动描绘了从严冬沉睡中苏醒过来，到处充满盎然生机的初春西湖，于倾情描绘的自然之美中可见诗人欢快的心情。

# 忆 江 南

## Memories of Jiangnan

### 白居易

Bai Juyi

江南好，

风景旧曾谙①。

日出江花红胜火②，

春来江水绿如蓝③。

能不忆江南？

## 【注释】

① 谙（ān）：熟悉。

② 红胜火：颜色鲜红胜过火焰。

③ 蓝：用蓝草制成的颜料，也叫靛（diàn）青。

## 【汉译】

江南十分地美好，

那景色我是多么地熟悉。

朝阳下江边的花朵比火焰还要红艳，

春天的江水呈现出碧绿幽蓝。

想起这一切

怎能不思念那记忆中的江南？

## 【Translation】

Jiangnan，a land so sweet，

Her sceneries I've visited with my own feet.

At sunrise the blooms beside her rivers are brighter than the flame，

And in spring，an azure green hue the water becomes.

How could I not miss the place in admiration?

## 【内容提示】

白居易曾在苏州、杭州做过地方官，晚年回到北方。这首诗是他回到北方后写的，诗中写记忆中的江南明媚的春光，表现了诗人对江南自然风光及在那里的生活点滴的怀念。

# 悯农① （其一）

## The Peasants（Ⅰ）

### 李 绅

### Li Shen

春种一粒粟②，
秋收万颗子。
四海无闲田，
农夫犹饿死③。

## 【作者简介】

李绅（772—846 年），字公垂。润州无锡（今江苏无锡）人。他是中唐诗人，和白居易是好朋友。

## 【注释】

① 悯（mǐn）：哀怜，同情。

② 粟（sù）：谷子，去皮后叫小米。此处泛指谷类。

③ 犹：还要。

## 【汉译】

春天播种下一粒谷子，

秋天就会收回万颗粮食。
天下没有不耕种的土地，
可农民竟然还会被饿死。

## 【Translation】

After a seed of millet has been planted in spring,
Ten thousand of them the autumn will bring.
Not a single piece of idle soil can be found,
Yet the peasants are dying with starvation on the ground.

# 悯农（其二）
## The Peasants（Ⅱ）

李　绅

Li Shen

锄禾日当午，
汗滴禾下土。
谁知盘中餐，
粒粒皆辛苦？

## 【汉译】

顶着炎炎烈日在田里把草锄，
汗水滴滴洒进了苗下的泥土。
有谁知道碗里那香喷喷的米饭，
粒粒都饱含着农夫的千辛万苦？

## 【Translation】

Under the noon sun they toil，
Sweat dripping to the soil.
I wonder to how many people the thought occurs，
That every meal comes from peasants' labor.

## 【内容提示】

李绅的两首《悯农》表现了作者对辛勤劳作的贫苦农民的同情和要珍惜粮食的态度，客观上尖锐地揭示出封建社会农民遭受残酷剥削的事实。诗的语言朴素、简洁。

# 江　雪

## The River in Snow

柳宗元

Liu Zongyuan

千山鸟飞绝，
万径人踪灭。
孤舟蓑笠翁，
独钓寒江雪。

## 【作者简介】

柳宗元（773—819 年），字子厚，河东（今山西运城）人。他是唐代散文大家，同时还是一位优秀的诗人。

---

## 【汉译】

连绵的群山间看不见一只飞鸟，
所有的道路上也没有一个行人。
披蓑戴笠的老翁坐在孤单的小船上，
独自一人在飘雪的寒冷江上垂钓。

## 【Translation】

Over a thousand hills，no bird in flight，

On myriads of paths, no footprint in sight.

A lonely boat, a bamboo cloak,

An old man's fishing, alone in snow on the cold river.

---

## 【内容提示】

这首诗是柳宗元的代表作之一，作于他被贬永州期间。诗写一个渔翁冒雪在江上独钓的情景：大雪在静静地飘洒着，寒冷的江面有一叶木舟，一位老渔翁正在专心地独自垂钓。这是一个幽静寒冷、纯洁寂寥的境界，它寄托了诗人清高孤傲的情怀，抒发了诗人政治上失意的抑郁苦闷心情。作者用简短精练的诗句为我们描绘了一幅清寂高冷的水墨画！

# 酬曹侍御过象县见寄①

## In Acknowledgement of the Poem of Imperial Censor Cao

柳宗元

Liu Zongyuan

破额山前碧玉流②，

骚人遥驻木兰舟③。

春风无限潇湘意④，

欲采蘋花不自由⑤。

## 【注释】

① 曹侍御：作者的朋友。侍御，即侍御史。象县：在今广西壮族自治区。见寄：指以诗相寄。

② 破额山：在象县柳江岸边。碧玉：形容江水的颜色像碧玉一样。

③ 骚人：文人。这里指曹侍御。木兰：香木，高大的树干可做船。

④ 潇湘：潇水、湘水在湖南零陵县合流后称为潇湘。潇湘意：是说作者思念"骚人"的无限情意。

⑤ 蘋：水草。

## 【汉译】

破额山前面流淌着碧玉般的柳江水，

你此刻正在这江上的木兰舟中停留。

春风带去我思念老朋友的无限情意，
想要采朵蘋花送给你却没有这自由。

## 【Translation】

In front of Po'e Mount the gem-like river flows，

You are staying on a distant magnolia boat.

Spring breeze sends my regards to you，

I long to pick water blossom for you，alas，my duty gives me no such freedom.

---

## 【内容提示】

这是诗人被贬任柳州刺史时酬答友人曹侍御的一首颇负盛名的小诗。诗人用简练的语言，形象地描绘出柳江一带清幽、优美的环境，表现了诗人对朋友的无限思念之情。然而由于身受贬谪，得知朋友路过只能相思而不能相见，不由地发出"欲采蘋花不自由"的感慨，表达了政治上失意后的激愤心情。

# 诗　奴

　　贾岛，唐代著名诗人，出身寒门，是个半僧半俗的诗人，一生以作诗为命，好刻意苦吟，从而得到"诗奴"的称号。

　　"鸟宿池边树，僧敲夜下门"是贾岛访友李凝不在，题在门上的诗句，其中是用"推"好，还是用"敲"好，贾岛经过反复吟诵，并在回途中不停地用手做着推敲的动作，最后接受了韩愈的建议，确定为"敲"更能体现夜访的礼貌，读音也更响亮些。"推敲"后用来指做事、写文章反复斟酌。

　　他与孟郊齐名，诗多写荒凉孤寂的情境，用词严谨。后人用"郊寒岛瘦"来比喻他们诗歌的风格。

# 寻隐者不遇①

## Seeking a Hermit Without Success

### 贾 岛
### Jia Dao

松下问童子②，
言师采药去；
只在此山中，
云深不知处③。

## 【作者简介】

贾岛（779—843 年），字阆仙，范阳（今河北涿州）人。曾出家做过和尚，法名无本。

## 【注释】

① 隐者：隐士。不做官而隐居山中的知识分子。

② 童子：指隐者的徒弟。

③ 不知处：不知道在哪个地方。

## 【汉译】

松树荫下向童子寻问，

回答说师傅已去采药。

只说就在这大山里面，

白云缭绕不知在何处。

**【Translation】**

Under the pine tree I asked the lad，

"Oh the master's off collecting herbs.

Just somewhere in the mountains near，

But I cannot tell through all these clouds."

**【内容提示】**

这首诗写作者访一位隐士而没有遇到的情景。诗通过童子的答话，写出了隐士的生活，同时展示了广阔幽深的山中环境。诗中用白云显示出隐士的高洁，以苍松赞美隐士的风骨，表达了诗人对所访的这位以采药来治病救人的真隐士的仰慕之情。诗写得平淡，却越发显得深沉。

# 题李凝幽居

## Inscribed on Li Ning's Retreat

### 贾　岛

### Jia Dao

闲居少邻并<sup>①</sup>，草径入荒园。

鸟宿池边树，僧敲月下门。

过桥分野色，移石动云根<sup>②</sup>。

暂去还来此，幽期不负言<sup>③</sup>。

## 【注释】

① 邻并：近邻。并：并排。

②"移石"句：晚风吹拂，云彩移动，仿佛是山石在动。

③ 幽期：指与李凝重聚的约期。不负言：不食言。

## 【汉译】

隐居处的附近没有人家，

一条茅草小路通向荒芜的园中。

我轻叩着月光下的禅房门，

栖宿在池边树上的鸟儿被惊醒。

过了桥是色彩斑斓的原野，

云脚飘游仿佛山石在移动。

我暂时离去还要再来这里，

决不食言定守归隐的约定。

## 【Translation】

You live here in seclusion with few neighbors,

The weedy path leads to a garden in ruins,

Birds are perching on trees by the pond,

While a monk's knocking the door under the moonlight.

Divided are wilderness hues beyond the bridge, lo,

Low clouds are floating as if mountain rocks are moving too.

I'm leaving for now, but I'll return,

Never breaching our promise of seclusion.

---

## 【内容提示】

诗写作者走访友人李凝不遇的事。诗中对李凝隐居处自然恬淡、幽雅迷人的环境进行了出神入化地描写，表达了诗人对隐逸生活的向往。诗中"鸟宿池边树，僧敲月下门"是历来被传诵的名句。

## 诗　鬼

　　李贺，是继屈原、李白之后又一位享有盛誉的浪漫主义诗人。他天资聪颖，七岁能诗，十五岁誉满京华，二十七岁却英年早逝。他的诗作想象丰富，善于运用神话传说中的鬼怪神仙来托古寓今，抒发个人苦闷情怀，反映百姓疾苦及社会黑暗现实，题材广泛，思想深刻，其诗风空灵、诡异、冷峭、虚幻，所以人称他为"诗鬼"。

# 南园十三首① （其五）
## In My Southern Garden（Ⅴ）

### 李 贺
### Li He

男儿何不带吴钩②，

收取关山五十州③。

请君暂上凌烟阁④，

若个书生万户侯⑤？

## 【作者简介】

李贺（790—816年），字长吉，福昌（今河南宜阳）人。他是中唐时期著名的诗人。

## 【注释】

① 南园：在连昌河入洛河的入口处，是李贺当年读书的地方。故址在今河南宜阳。

② 吴钩：吴地所产的刀名，刀刃弯如钩。

③ 五十州：指当时被藩镇割据，朝廷不能控制的黄河南北五十余州。

④ 凌烟阁：在长安。唐太宗时曾将二十四名功臣的像画在上面。

⑤ 若个：哪个。万户侯：受封一万户的侯爵。

## 【汉译】

堂堂男子汉，

为什么不带上吴钩，

去收复那被藩镇割据的关山五十州。

请你登上凌烟阁去看看，

那里画着的开国功臣中

有哪个是书生

被封为万户之侯?

## 【Translation】

Why shouldn't a man take his sword，

To win back the fifty provinces under the separatist warlord?

Alas，you should climb the Lingyan Pavilion，

To see whether a scholar was conferred fief ever?

# 南园十三首（其六）
## In My Southern Garden（Ⅵ）

李　贺

Li He

寻章摘句老雕虫<sup>①</sup>，
晓月当帘挂玉弓<sup>②</sup>。
不见年年辽海上<sup>③</sup>，
文章何处哭秋风<sup>④</sup>？

**【注释】**

① 寻章摘句：指旧时书生从书本上寻摘典故文词。雕虫：虫，指鸟虫书，我国古代的一种篆字，笔画中有鸟虫形；雕虫，雕刻鸟虫书，比喻文字技巧之类的小技，有贬义。

② 玉弓：形容晓月。

③ 辽海：即辽东地区。这里泛指边塞征战之地。

④ 哭秋风：即悲秋的意思。

**【汉译】**

在书本上东抄西拼，
只会雕虫小技的老书生，
拂晓了你还在苦吟；
月亮映衬在窗帘上，

就像挂在墙上的玉弓。
难道你没看见，
在那辽海之上，
年年都在战争。
即使你苦吟成文章，
什么地方需要你，
无病呻吟地哭泣秋风？

## 【Translation】

Mincing each word and looking for the right rhymes，
I immerse myself in these insignificant skills；
Almost at dawn，the moon is still there，
Like a bow hanging on the curtain.
Battles are waged each year on the northeast border，
What is the use of your work
Grieving over the autumn wind?

## 【内容提示】

《南园十三首》（其五）用两个设问句，慷慨激昂地抒发了作者希望为国家统一而建功立业的豪情壮志。（其六）比较含蓄深沉地描述了书斋生活的艰苦，揭示了自己内心痛苦的社会根源——连年战乱。流露了作者渴望投笔从戎，驰骋疆场之情怀。

# 马　诗

## Horse Poem

### 李　贺

#### Li He

大漠沙如雪<sup>①</sup>，
燕山月似钩<sup>②</sup>。
何当金络脑<sup>③</sup>，
快走踏清秋。

**【注释】**

① 大漠：沙漠。

② 燕山：即燕然山。在蒙古国境内。

③ 金络脑：用金子做的马笼头。

**【汉译】**

月光明亮，

茫茫沙漠如同铺上一层白雪，

连绵的燕山岭上

挂着一弯明月好似一把弯钩。

什么时候才能给它戴口金络头，

在秋高气爽的疆场上奔腾驰骋？

## 【Translation】

The sands of the vast desert gleam like snow,
Over Mountain Yan, a curved sickle is but the moon；
If only its head could ever be bridled with gold,
Galloping on the crisp autumn plains，but when?

## 【内容提示】

这首诗用比兴的手法慨叹骏马不受重用的命运，表现了诗人热望建功立业而又不被赏识的感慨与愤懑之情。气势豪迈，情思激奋，颇具边塞诗的风骨。

# 过华清宫① （其一）

## Passing by Huaqing Palace（Ⅰ）

杜 牧

**Du Mu**

长安回望绣成堆②，

山顶千门次第开③。

一骑红尘妃子笑④，

无人知是荔枝来。

## 【作者简介】

杜牧（803—853 年），字牧之，京兆万年（今陕西西安）人。他是晚唐一位重要诗人。

## 【注释】

① 华清宫：旧址在今陕西省临潼县东南的骊山上，是唐玄宗李隆基和杨贵妃等经常游乐之地。

② 绣成堆：是说骊山上的华清宫就像一堆锦绣一般。

③ 千门：形容宫门多。次第：一个接一个。

④ 妃子：即杨贵妃。

## 【汉译】

从长安城回头看骊山，
楼台殿阁如锦绣一般；
进入山顶上宫门无数个，
忽然间一个一个全打开。
一匹快马在飞尘中奔驰而来，
杨贵妃见了笑逐颜开。
谁能想得到呢，
那飞马载着鲜荔枝是从千里外运来。

## 【Translation】

Viewed from afar, the imperial mount seemed like a piece of embroidery,

The palace doors on hilltops opened one by one;

The imperial concubine smiled as a galloping horse raised a cloud of red dust,

No one knew the litchi fruit on the horseback had brought about the joy.

## 【内容提示】

这首诗通过写用专骑从很远的地方为杨贵妃送鲜荔枝这一典型事件，含蓄委婉地揭露了帝王的荒淫腐朽生活。诗写得自然朴素，寓意深刻，含蓄有力，是唐代诗人咏史绝句中的名作佳品。

# 江 南 春①

## Spring on the Southern Rivershore

杜 牧

**Du Mu**

千里莺啼绿映红，
水村山郭酒旗风。
南朝四百八十寺②，
多少楼台烟雨中。

## 【注释】

① 江南：指现在的南京一带。

② 南朝：从公元 420 年到 589 年，在我国南部先后存在过的四个王朝（宋、齐、梁、陈）的总称，都以建康（今江苏南京）为京城。四百八十寺：是虚数，言其多。实际有五百余所。

## 【汉译】

千里江南的春天，
黄莺在尽情欢唱，
绿树丛中点映着红花。
傍水的村庄，依山的城郭，
还有酒旗在迎风招展。
那南朝修建的四百八十座寺庙，

金碧辉煌，屋宇重重，

数不清的楼台掩映在迷蒙的烟雨之中。

## 【Translation】

Orioles sing amid the vast red-dotted green，

Inn-banners flutter over cottages by hills and rills.

Of the four hundred and eighty temples built in the Southern
Dynasties，

Many towers and terraces are still there，shrouded in mist and
rain.

## 【内容提示】

诗人首先抓住江南景色的特征，用轻快的笔触描写了丰富多彩的江南景色：绿的山，红的花，欢唱的黄莺，傍水的村庄，依山的城郭，迎风招展的酒馆的招牌旗，迷蒙烟雨中的佛寺，都充满了诗情画意，既明朗绚丽，又朦胧深邃，令人心旷神怡，引人深思遐想，表现了诗人对江南景物的赞美与神往，流露出了诗人对历史变迁的感慨。

# 赤　壁①
## The Crimson Cliff

### 杜　牧
**Du Mu**

折戟沉沙铁未销②，
自将磨洗认前朝③。
东风不与周郎便④，
铜雀春深锁二乔⑤。

## 【注释】

① 赤壁：赤壁山，在今湖北省蒲圻县西北，长江南岸，山岩呈赭红色，故称赤壁。

② 戟：古代的兵器。销：毁。

③ 将：拿起。

④ 周郎：指周瑜，是三国时代的名将。

⑤ 铜雀：台名，故址在今河北省临漳县，为曹操晚年享乐的地方。二乔：即大乔、小乔。大乔是孙策的夫人，小乔是周瑜的夫人。

## 【汉译】

当年战争折断的铁戟，
沉入江底至今还没烂掉。
经过我一番磨洗，

认定它确实属于前朝。

如果不是刮起东风，

使周瑜有机可乘，

被幽禁在铜雀台上的，

将是东吴的大小二乔。

## 【Translation】

Buried deep in the sand is the remnant of a broken halberd，

It turns out to be from a past era.

Had the easterlies not blown in General Zhou's favor，

The Tower of Bronze Peacocks would have held the nubile Qiao sisters hostage.

## 【内容提示】

在赤壁，曾发生过历史上著名的战役——赤壁之战：建安十三年（208），曹操在攻克荆州后，想东下进攻吴国，吴军统帅周瑜联合刘备在这里大破曹军，奠定了三国鼎立的局面。作者经过赤壁这个古战场时，有感于三国时代的英雄成败，因而写下了这首怀古咏史之作。首先诗人借一件古物来引出对历史人物和历史事迹的慨叹；后两句诗人自然发起议论：周瑜之所以取胜是因为东风给了他方便，否则，胜败双方将会调换位置，东吴的二乔将成为曹操的猎获物。

# 泊　秦　淮①

## Moored on Qinhuai River at Night

杜　牧

**Du Mu**

烟笼寒水月笼沙②，

夜泊秦淮近酒家。

商女不知亡国恨③，

隔江犹唱后庭花④。

## 【注释】

① 泊：停泊、靠岸。秦淮：河名。

② 笼：笼罩。

③ 商女：指卖唱的歌女。

④ 后庭花：即《玉树后庭花》。南朝陈后主在金陵时，沉溺于声色之乐，曾作此曲，后来终于亡国。

## 【汉译】

月色朦胧笼罩着清冷的河水和两岸的黄沙，

夜晚停船在秦淮河岸边靠近酒家。

歌女不知道声乐曾导致亡国之恨，

隔江对岸还唱着那《玉树后庭花》。

## 【Translation】

Shrouded in misty moonlight are the cold river and sandbars，
Not far from a tavern I moor my boat on Qinhuai River at night.
The girl singer，unaware of the bitterness of a conquered kingdom，
Still sings the song of *Backyard Flower* on the river's other side.

## 【内容提示】

晚唐国事倾危，而统治者却沉醉于淫靡的生活中。作者由夜泊秦淮的见闻，想到南朝陈后主由于整日醉生梦死、导致灭亡的史事，表达了对国事现状深深的忧虑，讽刺了统治阶级以声色歌舞、纸醉金迷的生活来掩饰空虚灵魂的现状。

# 山　行①

## Mountain Trip

### 杜　牧

**Du Mu**

远上寒山石径斜②，
白云生处有人家③。
停车坐爱枫林晚④，
霜叶红于二月花⑤。

## 【注释】

① 山行：在山中行走。

② 寒山：深秋季节的山。石径：石头小路。

③ 白云生处：白云飘出的地方，是山上最高深的地方。

④ 坐：因为。

⑤ 红于：比……更红。

---

## 【汉译】

一条山石小路弯弯曲曲伸向山顶，
住有人家的小屋在白云中时隐时现。
停下车欣赏是因为喜爱傍晚枫林的景色，
那经霜的枫叶比二月里的鲜花还要红艳。

## 【Translation】

A slanting stony path leads to the cold hill far in sight，
Some cottages are found from among the clouds；
I stop my coach to admire the maple trees at dusk，
Frost-bitten leaves look redder than early spring flowers.

## 【内容提示】

　　这首诗描绘的是山林秋天的景色，它是一首秋色的赞歌。首先诗人客观地描述了山林疏淡的景致，衬托艳丽的秋色，接着为人们展示了夕阳照射下那如花般艳丽的枫林美景，为秋色平添了无限生机。字里行间充满了热烈的气氛。这首诗的可贵之处在于，不着眼于一般人写秋的萧瑟、凄清，而是歌颂大自然的秋色美，体现了勃勃向上的精神。"霜叶红于二月花"成为人们传诵的名句。

# 清　明

## Pure Brightness Day

### 杜　牧

**Du Mu**

清明时节雨纷纷，

路上行人欲断魂①。

借问酒家何处有？

牧童遥指杏花村②。

## 【注释】

① 断魂：是形容惆怅不乐，好像失去神魂的样子。

② 杏花村：杏花深处的村子。山西汾阳等地都有杏花村。

---

## 【汉译】

清明节这天，

蒙蒙细雨下个不停，

路上的行人，

好像都心烦意乱落魄失魂。

向那牛背上的牧童打听：

"什么地方有酒家？"

他向远处指去：

"就在前面的杏花村。"

## 【Translation】

It drizzles thick and fast on Pure Brightness Day，
The mourners travel with their heart in dismay；
Where can a wineshop be found to drown their sorrows?
A cowherd boy points to a cot amid apricot blossoms.

---

## 【内容提示】

清明节本是个具有忧郁色彩的节日，再遇上纷纷不停的细雨，使得不能与家人团聚的游子越发愁苦。诗人用十分通俗的语言，展示了一个凄清迷蒙而又生动的境界，又进而以问答的形式"借问酒家何处有？牧童遥指杏花村"形象表现出欲借酒消愁的急切、纷乱的心境。

# 塞路初晴

## The Frontier Road After a Rain

### 雍　陶

### Yong Tao

晚虹斜日塞天昏，一半山川带雨痕。

新水乱侵青草路，残烟犹傍绿杨村①。

胡人羊马休南牧，汉将旌旗在北门。

行子喜闻无战伐②，闲看游骑猎秋原。

## 【作者简介】

雍陶（805—？年），字国钧，成都（今四川成都）人。晚唐诗人。

## 【注释】

① 傍：依附、临近。这里引申为缭绕。

② 行子：行人。战伐：指战争。

## 【汉译】

太阳西下晚霞缤纷边塞已近黄昏，

一半山川还带有雨水淋过的印痕。

新下的雨水在青草的道上自由地流淌，
没飘散的炊烟还缭绕在绿杨树环抱的山村。
北方胡人的羊马休想到南边来放牧，
汉将的旌旗正迎风飘扬在北大门。
行人知道这里没有战争十分喜悦，
停下脚步悠闲地观看
人们骑马打猎在秋天的原野。

## 【Translation】

Brightened by rainbow colors is the frontier's darkening sky at sunset,
Shiny green are half of the rain-washed mountains;
Fresh water on weedy paths wanders,
While the light village smoke lingers around the green poplars;
The northern barbarians' sheep and horses yearn for the southern pasturage no longer,
Banners and flags of the emperor, on the northern frontier flutter;
A traveler, I rejoice at the absence of battles,
Watching the leisurely tour and hunt on autumn fields.

## 【内容提示】

这首诗写的是战乱平息后的一个雨后初晴的傍晚，边塞山村所呈现出的清新美丽的景色，以及人们得知战事结束后的欣喜心情。表达了作者反对战乱，期望和平和安定的思想。

# 乐 游 原

## Going Up to the Pleasure Garden

李商隐

Li Shangyin

向晚意不适<sup>①</sup>，
驱车登古原<sup>②</sup>。
夕阳无限好，
只是近黄昏。

## 【作者简介】

李商隐（813—858 年），字义山，号玉谿生，怀州河内（今河南沁阳）人。晚唐诗人。他的诗艺术成就很高，对后代影响也比较大。"夕阳无限好，只是近黄昏。""相见时难别亦难，东风无力百花残。春蚕到死丝方尽，蜡炬成灰泪始干。"皆为后世传颂的名句。

## 【注释】

① 向晚：傍晚。
② 古原：指乐游原，在长安城南，是唐代游览区。

## 【汉译】

傍晚时心绪这般烦乱，

驾车来到古老的乐游原。

这里的夕阳真是无限美好，

遗憾天近黄昏，

这美好的时光太短暂。

## 【Translation】

Feeling low and unsound at dusk，

I drive my chariot to the ancient garden height；

The setting sun looks glorious indeed，

Alas，it is so close to night，

Sweet time travels fast.

## 【内容提示】

为排遣烦乱的心绪，诗人驱车登上乐游原。眼前那金黄色美丽的夕阳给诗人带来慰藉，同时也使诗人触景伤怀，发出"夕阳无限好，只是近黄昏"的感叹，其中隐含着对当时国事的忧虑。诗的后两句是历来被人传诵的名句。

# 夜雨寄北<sup>①</sup>

## To a Friend in the North on a Rainy Night

李商隐

Li Shangyin

君问归期未有期，
巴山夜雨涨秋池。
何当共剪西窗烛<sup>②</sup>，
却话巴山夜雨时<sup>③</sup>！

**【注释】**

① 寄北：当时李商隐在巴蜀（今四川）作客，妻子住在北方，所以说寄北。
② 何当：何时，什么时候。
③ 巴山：泛指巴蜀之地。

**【汉译】**

你问我回归的日期我还没有定下，
巴山夜里降下秋雨，雨水涨满了池塘。
何时才能够和你畅谈西窗下，共同剪烛花儿，
叙说这巴山夜雨之时你我思恋的情话。

## 【Translation】

You asked about my return，I have no idea，

The night rain in Ba Mountain fills the pond of autumn over the brim；

I wonder when we can talk in your west chamber over the trimmed candle wick，

To recall these rainy nights in Ba Mountain.

## 【内容提示】

这是诗人在巴蜀寄给妻子的诗。诗中叙写了在巴山的一个秋雨绵绵的夜晚，诗人那长久旅居他乡的愁闷和不得归回故乡与妻子团聚的凄苦。诗的语言平易，然而感情真切动人。

# 宿骆氏亭寄怀崔雍崔兖①

## To the Cui Brothers While Lodging at Luo's Pavilion

李商隐

Li Shangyin

竹坞无尘水槛清②，

相思迢递隔重城③。

秋阴不散霜飞晚④，

留得残荷听雨声。

## 【注释】

① 亭：园中的亭子。崔雍、崔兖（yǎn）：兄弟俩，他们是作者的表兄弟。

② 竹坞（wù）：水边栽有竹子的停船的地方。水槛（jiàn）：指临水的园亭。

③ 迢递（tiáodì）：遥远的样子。

④ 霜飞晚：霜期推迟了。

## 【汉译】

竹林环抱的船坞，

清幽雅洁一尘不染的骆水亭；

在这里思念起崔家兄弟，

我们相隔着遥远的路程。

秋雨连绵不停，
秋霜来得迟缓，
雨点打在枯荷败叶上，
发出一片错落的响声。

## 【Translation】

Dustless bamboo grove and the fresh view outside the pavilion,
My fond memories of you rise high above the city walls;
The heavy autumn clouds bring belated frost,
On the remains of lotus I hear the raindrop pitter-pattering.

## 【内容提示】

一个深秋的夜晚，周围的境界是那样幽静清新寂寥，秋雨滴在枯荷叶上发出噼啪的声音，这使寄宿在骆家园亭里的诗人心情不免黯淡，寂寞中他情不自禁地思念起远方的友人。诗虽短小，但深秋的雨夜景色却历历如画，落寞相思之意尽在其中。

# 无　题

## Untitled

### 李商隐

#### Li Shangyin

相见时难别亦难①，东风无力百花残②。

春蚕到死丝方尽，蜡炬成灰泪始干③。

晓镜但愁云鬓改④，夜吟应觉月光寒。

蓬山此去无多路⑤，青鸟殷勤为探看⑥。

## 【注释】

① 难：第一个"难"的含义是"难得"；第二个"难"的含义是"难舍难分"。

② 东风：春风。百花残：百花凋零。

③"春蚕"二句：这里作者借春蚕、蜡烛两物打比喻，用以形容两人爱情的坚贞。

④ 云鬓：形容妇女柔软如云的鬓发。

⑤ 蓬山：即蓬莱山，传说那里是神仙居住的地方。这里暗指对方的居住处。

⑥ 青鸟：传说中的神鸟，是王母的信使。这里指能替自己传递信息的人。探看：看望。

## 【汉译】

相见时不容易，

分别时更难；

春风无力再吹了，

百花已开始凋残。

春蚕吐丝直到死，

蜡烛成灰烛泪才干。

早晨起来对镜梳妆时，

你担心黑发变白；

夜深人静苦吟诗，

我觉得月光分外清寒。

幸好这里去蓬莱的路途不太远，

托那青鸟带上深情前去探看。

## 【Translation】

It is hard to meet，and even harder to say goodbye，

As the east wind wanes，all the flowers fade.

The silkworms of spring stop not spinning until they die，

And candles burn out their wax to have tears dry.

Combing at dawn，you worry about your gray hair，

And I feel the moonlight cold，while reading alone in the night.

Luckily the Fairyland Penglai is not far away，

O bluebird，please go and take a fond look for me.

## 【内容提示】

这是一首爱情诗。第三、四句是为人们传诵的名句，也是诗的中心内容。诗人用春蚕吐丝至死方休、蜡烛照明到化成灰为止，来比喻自己对爱情的坚贞。

# 放　鱼
## Releasing Captive Fish

### 李群玉
### Li Qunyu

早觅为龙去①，

江湖莫漫游。

须知香饵下②，

触口是铦钩③！

## 【作者简介】

李群玉（？—约862），字文山，澧州（今湖南澧县）人。晚唐诗人。

## 【注释】

① 为龙：古时候有鱼化为龙的传说。传说中的龙是能兴风作浪的神奇动物，化为龙就象征着飞黄腾达。这里作者是希望鱼儿能找到一片自由广阔的天地。

② 饵：钓鱼用的鱼食。

③ 铦（xiān）钩：锋利的鱼钩。铦：锋利的意思。

## 【汉译】

赶快去寻找成龙的地方，

363

不要在这江湖中漫游。

要知道那诱人的鱼饵下面，

碰到嘴便是锋利的钓鱼钩。

## 【Translation】

Hurry up to where dragons grow，

Be no rover in this river roaming and so.

Behind the tasty bait，lo，

You take a bite and the hook you also know.

## 【内容提示】

　　这是首富有哲理的咏物诗。诗写的是放鱼回到水中这样一件小事，抒发了封建社会中善良的人们对险恶社会生活的一种普遍感受。由鱼儿被人诱上鱼钩而丧生，联想到许多正直人的不幸遭际。对鱼的担心、怜悯，实是对人们的同情，对鱼的告诫实是对人的告诫。

# 江楼感旧①
## A Nostalgic Riverside Tower

赵　嘏

Zhao Gu

独上江楼思渺然②，
月光如水水如天。
同来望月人何处？
风景依稀似去年③。

## 【作者简介】

赵嘏（gǔ）（生卒年不详），字承祐，山阳（今江苏淮安）人。晚唐诗人。

## 【注释】

① 旧：故旧，老友。

② 思渺然：思绪渺远茫然。

③ 依稀：仿佛。

---

## 【汉译】

独自登上江边高楼，

思绪渺远茫然。

月光清澈就像江水，

江水幽深犹如苍天。

去年一起来望月的人啊，

你现在何方？

这里的风景仿佛还像去年一样。

## 【Translation】

Climb the riverside tower alone with a deep sigh，

The moonlight is like the water，and so as the sky.

Where is that person now，who admired the moon here?

The scene of this place is almost the same as last year.

## 【内容提示】

月明之夜，诗人独自登上江楼，望着那无边的迷茫恬静的月色水光，引起心中无限感慨：风景如故，而昔日同来望月的人如今已不知漂泊何方。缕缕怀念和怅惘之情缠绕着诗人那孤独的心。诗的运笔自如，语言洗练，情味隽永。

# 西江晚泊
## Night Mooring at the West River

赵　嘏

Zhao Gu

茫茫蔼蔼失西东①，
柳浦桑村处处同。
戍鼓一声帆影尽②，
水禽飞起夕阳中。

## 【注释】

① 茫茫蔼蔼：形容傍晚天色昏暗不清。
② 戍鼓：军营中的鼓声。

## 【汉译】

暮色茫茫难辨东西，
笼罩得柳岸村庄
到处都是一个模样。
随着戍楼上一声鼓响，
江上帆影也最后消失，
惊起夕阳下的水鸟振翅飞翔。

## 【Translation】

With the heavy fog it's hard to determine east from the west,

Where every willow shore and every mulberry village are the same as the rest.

The last sails are gone with a drumbeat from the garrison,

Which frighten the waterfowl in the setting sun.

## 【内容提示】

这首诗写的是暮色笼罩下的江天那空阔寂寥的景色。暮霭沉沉中几乎方向难辨，因此远处的岸柳和眼前的村落朦胧一片，这是雾中观景的特点。城楼鼓声忽然响起，惊起夕阳中的水鸟振翅飞走，举目远望，江上帆影已经消逝，只留下一片流水。这首诗诗句整齐，韵声铿锵，景色朦胧，动静相对，显示出很高的艺术性。

# 官 仓 鼠①

## Rats in the Public Barn

### 曹 邺

### Cao Ye

官仓老鼠大如斗②，

见人开仓亦不走。

健儿无粮百姓饥③，

谁遣朝朝入君口④。

## 【作者简介】

曹邺（生卒年不详），字邺之，桂林（今广西桂林）人。晚唐诗人。

## 【注释】

① 官仓：官府的仓库。

② 斗：古代量米的容器。这里是用斗形容老鼠的肥大。

③ 健儿：指士兵。

④ 朝朝：每天。君：指官仓的大老鼠。

## 【汉译】

官仓的老鼠肥大得像斗，

见人来开粮仓也不逃走。

士兵百姓正在忍饥挨饿，

谁把粮食天天送进你的口？

## 【Translation】

As big as a *dou* are the public barn's rats so glee，

When a man opens the gate they won't even flee.

The soldiers are hungry and the people are bony，

Who's feeding the rats with grains that fill their bellies?

## 【内容提示】

这首诗采用比喻的手法，以官仓里的大老鼠比喻那些只知道吸吮人民血汗的贪官污吏，辛辣地讽刺了剥削者只顾囤积粮食，将自己养得肥头肥脑，而不管在前方守边的兵士和终年辛勤劳动的老百姓的疾苦，深刻地揭露了是非颠倒的黑暗社会。诗的语言通俗易懂，比喻十分生动，讽刺性极强。

# 雪

## The Snow

### 罗　隐

### Luo Yin

尽道丰年瑞<sup>①</sup>，

丰年事若何<sup>②</sup>？

长安有贫者，

为瑞不宜多！

**【作者简介】**

罗隐（833—910 年），字昭谏，杭州（今浙江杭州）人。晚唐诗人和散文家。

**【注释】**

① 尽道：人们都说。瑞：好征兆。

② 若何：怎么样，如何。

**【汉译】**

都说这是丰收的好兆头，

丰收之年又能怎么样呢？

长安城有那么多饥寒交迫者，

这"好兆头"最好不要太多！

## 【Translation】

It says that snow is a sign of a good harvest，

But what is the benefit of a good harvest?

In Chang'an there are lots of people suffering from poverty，

Snow is not a good thing for those who are bony!

## 【内容提示】

在苛重的赋税和高额地租的剥削下，无论丰收还是歉收，农民的处境都是同样悲惨。所以诗人发出"丰年事若何"的感慨。下雪对于贫苦的人们来说，不仅不是什么好兆头，反而会使他们更加挨冻了。这首诗表现了诗人对饥寒交迫中的农民的同情和对那些饱暖无忧的贵族们的憎恶和愤怒。

# 蜂
## The Bees

### 罗 隐
### Luo Yin

不论平地与山尖<sup>①</sup>，

无限风光尽被占。

采得百花成蜜后，

为谁辛苦为谁甜？

**【注释】**

① 山尖：山顶。

**【汉译】**

不管是平地还是山尖，

鲜花盛开的地方都被它们所占。

采集百花酿造成蜂蜜，

还不知辛辛苦苦为谁带来甘甜。

**【Translation】**

Whether it's plain or high in the mountains,

The views are filled with them by tons.

When the honey is gathered and brewed，

For whom their sweat is shed?

---

## 【内容提示】

诗人借歌咏蜜蜂一生辛苦酿蜜不停，创造的很多，享受的却很少来歌颂辛勤的劳动者，而对那些不劳而获的剥削者进行讽刺。这首诗于平淡中寓含着对人生的感叹，读后令人深有领悟。后两句常常被后人用来感慨人生。

# 焦 崖 阁①

## The Jiaoya Pavilion

### 韦 庄

### Wei Zhuang

李白曾歌蜀道难，
长闻白日上青天②。
今朝夜过焦崖阁，
始信星河在马前③。

## 【作者简介】

韦庄（约 836—910 年），字端己，京兆杜陵（今陕西西安）人。他是晚唐诗人，还是著名词家，是"花间派"重要词人之一。

## 【注释】

① 焦崖阁：故址在现在的陕西洋县北焦崖山上，地势险要。

② 长闻：常听说。上青天：李白诗《蜀道难》中说："蜀道之难，难于上青天。"

③ 星河：即银河。

## 【汉译】

李白曾经慨叹蜀道的艰难，

常听说走蜀道如同白日登天。

今日夜晚从焦崖阁路过，

才确信银河真像在马前。

## 【Translation】

Li Bai once wrote that the difficulty of getting through the Shu Paths is high，

It says that it's the same as climbing all the way to the skies in broad daylight.

As I passed through the Jiaoya Pavilion this night，

I saw the galaxy right in front of my horse with my own eyes.

## 【内容提示】

这首诗作于乾宁四年（897 年）诗人在入蜀途中。诗中以"星河在马前"反衬出焦崖阁的高峻，先说"李白曾歌"的蜀道和"长闻"中的蜀道，名人言，世间说，为后面的描写做了充分的铺垫，再以亲身经历后的"始信"与之呼应，进而道出焦崖阁的艰险就非常自然了。诗人写焦崖阁居于险峻高山之巅，文字很少，只有"星河在马前"五字，但其画面感、代入感十足，读者不由得为诗人捏着一把汗，稍不留神就会有马踏星河的悬险。可谓言简意赅，生动形象。

# 不第后赋菊

## Ode to the Chrysanthemum：After Failing an Imperial Examination

黄　巢

Huang Chao

待到秋来九月八[①]，

我花开后百花杀[②]。

冲天香阵透长安，

满城尽带黄金甲[③]。

## 【作者简介】

黄巢（？—884 年），曹州冤句（今山东菏泽）人。他是唐末农民起义军领袖。

## 【注释】

① 九月八：即九月九日，重阳节。这里为了押韵，所以说"九月八"。

② 杀：凋落残败。

③ 黄金甲：古代将士穿戴的盔甲。

---

## 【汉译】

等到秋天重阳节到来，

百花纷纷凋落菊花独自盛开。

冲天的芬芳香透长安城，

整座城就像披上了金色的铠甲。

## 【Translation】

When the Double Ninth Festival arrives in autumn，

All the other flowers shall wither in front of blooming chrysanthemums.

The city of Chang'an will then be filled with a sweet scent in the air，

And the gilded armors shall be seen everywhere.

## 【内容提示】

这是一首咏菊言志的诗。作者在表现菊花具有抗御风霜，高出百花的品格的同时，赋予它战斗的风貌与性格，从中流露出作者要通过起义打破腐朽统治的意愿。诗中的"菊花"象征着广大被压迫的人民，"百花"指反动腐朽的封建统治集团。用"香阵"的"冲天"和"透长安"来展望农民起义军将打进长安，主宰一切的胜利前景。这首诗想象奇特，比喻新颖，意境瑰丽。

# 伤 田 家①

## The Miserable Peasants

### 聂夷中

### Nie Yizhong

二月卖新丝②，五月粜新谷。

医得眼前疮③，剜却心头肉。

我愿君王心④，化作光明烛，

不照绮罗筵⑤，只照逃亡屋⑥。

## 【作者简介】

聂夷中（837—？ 年），字坦之，河南（今河南洛阳）人。晚唐现实主义诗人。

## 【注释】

① 伤田家：对农民的生活感到伤心痛苦。伤：同情，哀怜。

② "二月"二句：丝未成，谷未熟，农民为了维持生活，不得不预先贱卖"新丝""新谷"。说明农民深受着财主们的残酷剥削。粜（tiào）：出卖粮食。

③ "医得"二句：农民出卖还没成熟的丝、谷是十分痛苦的，就像挖心头肉补疮口一样。剜（wān）：用刀挖。

④ 君王：皇帝。

⑤ 绮（qǐ）罗筵（yán）：华美的酒席。

⑥ 逃亡屋：逃荒农民留下的空房屋。

## 【汉译】

二月里就卖新丝，

五月间又卖新谷，

补救了眼前的疮伤，

却剜去了心头的嫩肉。

我希望皇帝的心，

化作光照的蜡烛，

不照贵族们的华美酒席，

只照逃荒农民留下的空屋。

## 【Translation】

In the second month the undone silk is sold away，

And the unripe grains are sold in the fifth month.

The current barrier has been crossed，

Yet the future harvest is lost.

I wish the heart of the emperor is able

To change into a bright candle.

A candle that doesn't serve on a substantial banquet，

But to light the empty homes of peasants left desolate.

## 【内容提示】

这是一首著名的揭露封建社会阶级矛盾的诗歌。作者用质朴的语言，形象的比喻，深刻地反映了地主阶级和农民阶级的矛盾。由于地主阶级的残酷压迫，农民不得不"卖新丝""粜新谷"，甚至于逃亡。作者把改变这种"剜肉补疮"社会现实的希望寄托于开明君主的身上，这当然是一种不能实现的幻想，但也表现了作者对农民悲惨命运的同情和关心。

# 田　家

## A Peasant Family

聂夷中

Nie Yizhong

父耕原上田①，
子劚山下荒②。
六月禾未秀③，
官家已修仓。

## 【注释】

① 原：原野。
② 劚（zhú）：锄头一类的农具。这里用作动词，指开荒。
③ 秀：庄稼吐穗开花。

## 【汉译】

父亲在田里耕种，
儿子在山下开荒。
六月里庄稼还没成熟，
官家已在修建收租用的粮仓。

## 【Translation】

Upon the hill the father is plowing,

At the foot of the hill the son is reclaiming.

In the sixth month the earing of rice is far from done，

Yet the public barn is already under construction.

## 【内容提示】

　　这也是一首揭露封建统治阶级剥削农民的诗，但和前一首不同的是，语言更简洁，含义更深刻。在庄稼还没吐穗的时候，封建统治者已开始修建粮仓，做好了夺取农民劳动果实的准备。短短四句诗，活画出统治阶级残酷的面目。

# 云

## The Clouds

来 鹄

Lai Hu

千形万象竟还空<sup>①</sup>，

映水藏山片复重<sup>②</sup>。

无限旱苗枯欲尽，

悠悠闲处作奇峰<sup>③</sup>。

## 【作者简介】

来鹄（生卒年不详），豫章（今江西南昌）人。晚唐诗人。

## 【注释】

① 竟：毕竟，终究。

② 复：又。

③ 悠悠：悠闲自得的样子。

## 【汉译】

千变万化却还是不下雨的云，

有时映入水里，

有时隐入山中，

有时一朵朵，

有时一层层。

那么多小苗干枯得快要死了，

它却仍然悠闲地变幻着奇妙的云峰。

## 【Translation】

They've changed into a thousand shapes without leaving a raindrop,

In every form they reflect on water and cover the mountain top.

Countless droughty fields are withering with their dying seedlings,

Still the indifferent clouds are turning into magnificent peaks with ease.

## 【内容提示】

诗写千变万化、悠闲作态的夏天的云彩，但是，由于是怀着久旱盼甘霖的焦急心情注视着风云的变幻，所以，作者对千姿百态的云彩流露出明显的憎恶和不满，也隐含着作者对那些"不问苍生"的权势者的憎恨，字里行间表现了作者对农业生产的关心和对遭受旱灾的劳动人民的同情。

# 田　上

## In the Fields

### 崔道融
### Cui Daorong

雨足高田白①，
披蓑半夜耕。
人牛力俱尽，
东方殊未明。

## 【作者简介】

崔道融（？—约 907 年），荆州（今湖北江陵）人。晚唐诗人。

## 【注释】

①"雨足"句：形容田里积满雨水，白茫茫一片。足：充足，满。

---

## 【汉译】

积满了水的山地一片白茫茫，
身披蓑衣的农夫半夜还在耕田。
人和牛都已经筋疲力尽了，
东边不见曙光天空还是黑蒙蒙一片。

## 【Translation】

With abundant rain the hilly fields are shrouded by white steam，
The peasant puts on his raincoat long before dawn's gleam.
Both the man and the bull are exhausted with hard labor，
While the eastern sky is still in dark azure.

## 【内容提示】

这首诗用简洁的语言，描写了农夫披星戴月，冒雨耕田的艰苦情景，反映了封建社会农民沉重的劳动和痛苦的生活现实，表现了诗人对农民的同情。

# 溪居即事

## A Creekside Village Scene

### 崔道融

### Cui Daorong

篱外谁家不系船，
春风吹入钓鱼湾。
小童疑是有村客，
急向柴门去却关①。

## 【注释】

① 却关：解开柴门上的门闩。却：去，掉。

---

## 【汉译】

篱笆外是谁家的船不系船缆，
被春风吹着一直漂进钓鱼湾。
玩耍中的小孩以为有客人来，
急忙跑向柴门把门扣解开。

## 【Translation】

An unfastened boat of an unknown home floats outside the

fence with ease，

  It's been blown to the Fishing Bay by the spring breeze.

  A child thinks it is a guest who pays a visit gaily，

  And runs to the wooden gate to open it in a hurry.

## 【内容提示】

这首诗用白描的手法，勾画了一幅素淡、宁静、优美的水乡风景画，使人感受到那浓郁的乡村生活气息。诗中那吹拂的春风，使恬静、平和的景色变得生机盎然；那热情淳朴、天真可爱的村童给诗增添了无限情趣。从这首诗中我们可以窥见诗人那积极乐观的生活情趣和悠闲、舒适的心境。

# 春 怨

## The Sorrow of a Young Wife

金昌绪

Jin Changxu

打起黄莺儿，

莫教枝上啼。

啼时惊妾梦，

不得到辽西①。

## 【作者简介】

金昌绪（生卒年不详），余杭（今浙江杭州）人。仅存诗一首。

## 【注释】

① 辽西：现在的东北辽河以西一带。

---

## 【汉译】

赶走树上的黄莺儿，

别让它在枝头上啼鸣。

它的叫声会惊动我的美梦，

梦中去辽西相会就成了泡影。

## 【Translation】

Frighten the yellow orioles away from the trees,

So that they won't sing the songs with glee.

They will wake me up with their songs,

And my dream of going to Liaoxi would not last long.

## 【内容提示】

这是一首怀念征人的诗。写一位女子正在梦中与日夜思念、远征在外的丈夫相会，突然被黄莺的叫声惊醒，于是她埋怨黄莺惊破了她的好梦。反映了当时兵役制度下广大人民所承受的家人分离不得团聚的痛苦。诗的语言生动活泼，民歌色彩浓厚；语意曲折婉转，给人以充分的想象余地。

# 再经胡城县①

## Repassing the Town of Hucheng

杜荀鹤

Du Xunhe

去岁曾经此县城，
县民无口不冤声；
今来县宰加朱绂②，
便是生灵血染成③。

## 【作者简介】

杜荀鹤（846—904 年），字彦之，池州石埭（今安徽石台）人。晚唐现实主义诗人。

## 【注释】

① 胡城县：在今安徽阜阳县西北。
② 朱绂（fú）：朱红色的官服。这里指县官因榨取人民的血汗而升了官。
③ 生灵：指百姓。

---

## 【汉译】

去年曾经路过这个县城，

县里的百姓人人叫屈喊冤。

今年再来这里县令却升了官，

那朱红色的官服便是百姓的鲜血浸染。

## 【Translation】

When I passed the town last year,

The level of oppression here was severe.

But as I came back this year the chief had been promoted,

His scarlet costume must have been dyed with human blood.

## 【内容提示】

这首诗通过写第一次和第二次经过胡城县的见闻，深刻地揭露出封建社会的一个黑暗现实：封建官僚们的升官晋爵，是建立在血腥压榨和屠杀人民的基础上的。

# 山中寡妇

## A Widow in the Mountains

杜荀鹤

Du Xunhe

夫因兵死守蓬茅<sup>①</sup>，麻苎衣衫鬓发焦<sup>②</sup>。

桑柘废来犹纳税<sup>③</sup>，田园荒后尚征苗<sup>④</sup>。

时挑野菜和根煮，旋斫生柴带叶烧<sup>⑤</sup>。

任是深山更深处，也应无计避征徭<sup>⑥</sup>！

【注释】

① 蓬茅：小茅屋。

② 麻苎（zhù）：可纺线织布的植物，这里指粗布。焦：枯黄。

③ 柘（zhè）：落叶灌木，桑树的一种。叶可以喂蚕。

④ 征苗：庄稼还未成熟官家就要征收农业税，所以说"征苗"。

⑤ 旋：临时。斫（zhuó）：砍。旋斫：现砍现烧。

⑥ 征徭：赋税和徭役。

【汉译】

丈夫被战乱夺去了性命，

留下我独守茅屋孤苦伶仃；

头发变得枯黄，

衣裳也破旧粗糙。

蚕桑生产都废掉了，

官家还要征税；

田园荒芜了，

官家还要征苗。

挖来野菜连根都煮了吃，

砍来湿柴也要带叶烧。

任凭你逃到深山最深处，

也躲不掉当差把税收缴。

## 【Translation】

The poor woman lived alone in a thatched cottage ever since her husband died in war.

Her hair withered and turned yellow，and those were ramie clothes that she wore.

The mulberry trees were dead yet the tax was still there，

And the fields were barren but their taxes were waiting to be borne.

Now and then she picked wild plants and boiled them with their roots，

And burned the fresh wet woods together with their leaves.

Even in the deepest part of this remote mountain she managed to conceal，

There would be no way to avoid the taxes she had to deal!

## 【内容提示】

诗的主人公是位被战乱夺走了丈夫的农家妇女。她一个人过着孤苦伶仃的艰辛生活，然而，统治阶级的横征暴敛和残酷剥削仍然不放过她。诗就是通过这样一个典型人物的悲惨命运，反映了当时统治阶级剥削的残酷，人民生活的悲惨。面对这民不聊生的社会现实，作者在发出深沉慨叹的同时给予尖锐的指斥。全诗采用叙述的形式，客观反映了现实，语言沉郁而悲愤。

# 田　翁

## An Old Peasant

杜荀鹤

**Du Xunhe**

白发星星筋力衰<sup>①</sup>，
种田犹自伴孙儿。
官苗若不平平纳<sup>②</sup>，
任是丰年也受饥<sup>③</sup>。

**【注释】**

① 星星：稀疏。
② 平平纳：公平缴纳。
③ 任是：即使。

---

**【汉译】**

老翁我白发稀疏年老力衰，
还得和儿孙们一起把地种。
税赋若不是公平缴纳，
即使丰收的年头也要挨饿受冻。

**【Translation】**

My hair is all white and can bear little burden，

Yet I have to toil in the field with my grandchildren.

If the taxes can't be paid in a fair way,

Starvation could appear even in the good days.

## 【内容提示】

年老力衰的白发老翁仍然不得不跟儿孙去种田，尽管全家老少整日劳作于田间，若是租税不公平，丰收之年也要挨饿。诗通过这一事实揭露了贪官污吏强迫劳动人民额外缴纳赋税的罪行。诗的语言浅近通俗而富有批判力。

# 小　松

## A Little Pine Tree

杜荀鹤

Du Xunhe

自小刺头深草里①，
而今渐觉出蓬蒿②。
时人不识凌云木③，
直待凌云始道高④。

## 【注释】

① 刺头：是指小松那长满松针的头，直且硬。

② 蓬蒿：草类中长得较高的蓬草、蒿草。

③ 凌云木：指小松。

④ 凌云：指大松。

## 【汉译】

刚出土的小松树被掩没在草丛里，
现在它却已经渐渐地超出了蓬蒿。
世俗之人不会认识到小松会是栋梁之材，
直到长大了才称道它高大直入云霄。

## 【Translation】

Hidden inside deep grass is a little thorny tree，

Little by little it's now higher than the weeds.

Now it's just a normal sapling to ordinary people's eyes，

Not until many years later that they would start to appreciate its height.

## 【内容提示】

这是首借松写人，托物讽喻的小诗。诗写被没在深草中的小松，带着满头又直又硬的松针，勇猛地向上冲刺，无所畏惧，势不可挡，终究超越那些曾压迫它的蓬蒿，而且它们还将成为凌云大树。但是，世俗之人只赞赏参天的凌云，却认识不到小松的价值。诗人在赞扬小松的同时，感叹、讽喻世人眼光之短浅，不识栋梁之材。

# 贫　女
## The Poor Girl

秦韬玉

Qin Taoyu

蓬门未识绮罗香①，拟托良媒益自伤。

谁爱风流高格调？共怜时世俭梳妆。

敢将十指夸针巧②？不把双眉斗画长③。

苦恨年年压金线④，为他人作嫁衣裳。

## 【作者简介】

秦韬玉（生卒年不详），字仲明，京兆（今陕西西安）人。晚唐诗人。

## 【注释】

① 蓬门：蓬草编扎的门。这里比喻家贫。绮罗香：指富人生活。

② 十指夸针巧：指缝纫、刺绣手艺高。

③ 双眉斗画长：指在描眉之类的梳妆上和人比高低。

④ 压金线：用金线刺绣。压：用手指按住，刺绣的一种手法。

## 【汉译】

贫家女子未见过华丽的服装，

虽想托个好媒人又自惭神伤。
谁欣赏我不同流俗的高尚情操，
人们竞相追求的是时髦的穿着。
我敢拿自己的刺绣手艺夸口，
却不愿同别人争妍把秀眉画长。
满心痛苦和怨恨年年用金线刺绣，
日复一日为他人缝制出嫁的衣裳！

## 【Translation】

Born in a poor family I have never seen gorgeous clothing，

I intend to turn to a good matchmaker，but the thought intensifies my sorrowing.

Who can appreciate my decent taste and character that can be compared by none，

While everyone enjoys the fancy makeup of the latest fashion?

I am willing to praise my clever fingers，that are able to do the best sewing，

But refuse to paint my eyebrows longer to try to be more good looking.

Year after year I have to do the embroidery with a frown，

To make other girl's wedding gowns.

## 【内容提示】

此诗写了一位未出嫁贫女的抑郁和惆怅，赞美了她的纯洁、朴实、勤俭、技艺不凡，以及不同流俗的高尚品格，指斥了当时奢靡的社会风气，暗寓着诗人怀才不遇、寄人篱下的怨恨和不平。

# 雨　晴
## After the Rain

王　驾

Wang Jia

雨前初见花间蕊，
雨后全无叶底花。
蜂蝶纷纷过墙去，
却疑春色在邻家。

## 【作者简介】

王驾（生卒年不详），字大用，号守素先生，河中（今山西永济）人。晚唐诗人。

## 【汉译】

雨前花儿刚刚开放，
雨后只见绿叶不见叶下的花。
蜜蜂和蝴蝶纷纷飞过墙去，
以为春色跑到了邻居的家。

## 【Translation】

The flowers had begun to bloom before the rain came，

But after the rain they disappeared，with only the leaves staying the same.

All the bees and butterflies flew over the garden wall，

I wondered if springtime had arrived on the other side of the wall.

## 【内容提示】

这首小诗将"雨前""雨后"所见的春花相对比，写出了花落春残的小园景色，流露了诗人惜春之情怀。"却疑春色在邻家"是满怀惜春之惆怅的诗人在刹那间生出的一种奇妙联想，它不仅活画出蜂蝶追逐春色的神态，更把视线扩展了，动静相宜，把春色写活了，使得那本是残春的小园景色焕发出异样神采，妙趣无穷。

# 富 贵 曲

## The Wealthy

郑　遨

Zheng Ao

美人梳洗时，
满头间珠翠<sup>①</sup>。
岂知两片云<sup>②</sup>，
戴却数乡税<sup>③</sup>！

## 【作者简介】

郑遨（865—939 年），字云叟，滑州白马（今河南滑县）人。晚唐诗人。

## 【注释】

① 间珠翠：错杂地戴着很多珍珠、翠玉等首饰。
② 两片云：指两个发髻。
③ "戴却"句：是说贵妇人头上戴的首饰，就相当于几个乡交的税收。

## 【汉译】

美丽的贵妇人在梳妆，

珠翠满头晶莹闪亮。

谁知那两个漂亮的发髻上，

戴的是多少乡民血汗税粮。

## 【Translation】

When a beauty dresses her hair,

It's embellished with pearls and jades so fair.

But the jewelry that her two buns wear,

Requires the taxes of several villages to bear!

## 【内容提示】

这首诗通过贵妇人生活的一个侧面，反映了剥削阶级生活的奢侈，尖锐地指出这种生活完全是建立在人民的血汗劳动之上的，从而揭露了封建剥削者和被剥削者之间的矛盾。诗中的"岂知两片云，戴却数乡税"，与白居易的《买花》中的"一丛深色花，十户中人赋"的寓意相似，而且更为触目惊心。

**图书在版编目（CIP）数据**

清风化雨润春秋：唐诗译注：汉、英 / 魏芳华，
刘华天编著；刘华天，苗嘉宇译. — 上海：上海教育
出版社，2024.11. — ISBN 978-7-5720-3137-3

Ⅰ. I222.742

中国国家版本馆CIP数据核字第2024133VD2号

责任编辑　朱宇清

封面设计　周　吉

**清风化雨润春秋——唐诗译注（汉英）**
**魏芳华　刘华天/编著　汉译**
**刘华天　苗嘉宇/英译**

出版发行　上海教育出版社有限公司
官　　网　www.seph.com.cn
地　　址　上海市闵行区号景路159弄C座
邮　　编　201101
印　　刷　上海展强印刷有限公司
开　　本　640×965　1/16　印张 26.5　插页 1
字　　数　344 千字
版　　次　2024年11月第1版
印　　次　2024年11月第1次印刷
书　　号　ISBN 978-7-5720-3137-3/I·0197
定　　价　98.80 元